你是我的天空之城

徐玲 著

南京大学出版社

徐玲

　　我相信我的小说原本就存在，只是我不知道它们躲在哪里。它们存在于世界的某个角落，安静又调皮地注视着我，在对的时间、对的情绪里，迫不及待和我相遇，而后通过我，和你们相遇。

　　这些文字带着我指尖的暖意，带着我心头的爱和祈愿，排列组合，体体面面地站在这里，只为和你相遇。爱是人间永恒的主题，我们来到这个世界，就是为了感受爱、得到爱、付出爱，在爱与被爱中，在泪水与欢笑中，生命有了暖意、诗意和深意，成长路上，我们也就遇见了最好的自己。

图书在版编目(CIP)数据

你是我的天空之城 / 徐玲著. — 南京：南京大学
出版社,2016.6
(徐玲"暖暖爱"系列小说)
ISBN 978 - 7 - 305 - 17121 - 5

Ⅰ. ①你… Ⅱ. ①徐… Ⅲ. ①短篇小说－小说
集－中国－当代 Ⅳ. ①I247.7

中国版本图书馆 CIP 数据核字(2016)第 134056 号

出版发行　南京大学出版社
社　　　址　南京市汉口路 22 号　　　　　邮　编　210093
出 版 人　金鑫荣
丛 书 名　徐玲"暖暖爱"系列小说
书　　　名　你是我的天空之城
作　　　者　徐　玲
责任编辑　吴　愚　　　　　　　　编辑热线　025 - 83621459
照　　　排　南京南琳图文制作有限公司
印　　　刷　江苏凤凰通达印刷有限公司
开　　　本　880×1230　1/32　印张 4.375　字数 92 千
版　　　次　2016 年 6 月第 1 版　2016 年 6 月第 1 次印刷
ISBN 978 - 7 - 305 - 17121 - 5
定　　　价　22.00 元

网址：http://www.njupco.com
官方微博：http://weibo.com/njupco
官方微信号：njupress
销售咨询热线：(025) 83594756

目录

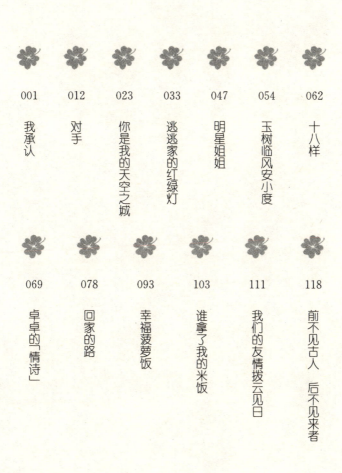

我承认

我愿这细软糯热的
话语再次响起。

　　碎奶奶坐在河埠头的石阶上,一边不紧不慢地抽烟,一边盯着皱巴巴的河面指指点点、念念叨叨,像是在批评自家犯了错误的小孙孙。

　　夕阳把她装饰成一弯暗红色的剪影,那丝丝腾起的烟雾,徘徊在她花白的两鬓,萦萦不肯散去,碎奶奶单薄的身影便有了几分仙气。

　　回去吧奶奶,你等不到的。路过河埠头的人都这么劝一句。

　　碎奶奶的耳朵恐怕是聋了。

　　这个时候,她心里只有美美。她的美美离家出走了,从河埠头泥巴上留下的脚印来看,美美是走到河里头去了。

　　美美你赶紧爬上来呀,你那小胳膊小腿小脑

袋,在河里头陌里陌生,活不下去的呀,听见不?碎奶奶年轻的时候唱过评弹,说起话来细软糯熟,蛮好听的。

可这会儿,无论这熟悉的吴侬软语怎样动听,河岸边就是没有任何动静。六岁的美美铁了心似的不上来了。

哎,不就是一只乌龟吗?到了河里头还想找回来?回吧,蚊子上市了,洗澡乘凉去。大家都这么说。

碎奶奶听不进劝,一个人面朝着小河坐到天黑。

真是一个古怪倔强的老太婆!

等我们一帮小孩洗完澡捧了西瓜到村头小店看大人们打台球,才发现河埠头没了碎奶奶的身影。回头朝她屋里瞧,也不见亮灯。

"不好!碎奶奶跳河了!"

不知是谁大声喊了这么一句,河埠头立即热闹起来。大人小孩都以百米冲刺的速度汇聚到河埠头,叔叔伯伯们不容分说跳入河里……紧张地扑腾和嚷嚷声,把岸上每个人的心都吊到了嗓子眼儿……

"哎哟喂,天大亮的时候怎么不下水?偏偏这时候才开始找。找见没有哇?我的美美!"人群里突然冒出来这么一串话。

大伙儿傻了,但马上又乐了。

"美美跟我生活了六年,它什么本事我不知道?我那香柏木脚盆那么高,它怎么爬得出来?一定是你们哪个小坏蛋把它从脚盆里捉出来的……"碎奶奶说这话的时候,手上提着一盏应急灯,她瘦削的面孔在灯光的映射下显得惨白惨白,就连眼珠子也成了白色的,令人害怕。

"不是我。"平头说。

"我没有。"扁豆说。

"我也没有。"我说。

小伙伴们都争抢着表明自己的清白。

弄明白大家下河不是为了找美美,碎奶奶鼻子里发出哼哼唧唧的埋怨声,她把应急灯往河埠头的长条石上一放,晃晃脑袋,挪着碎步回屋去了,任一大拨大人小孩傻愣愣地留在河埠头。

"这个老太婆……"

"留着灯光,还指望着美美自己爬上岸来……"

"不过她说得有道理,那只乌龟虽说已经六岁,却也就青瓷汤碗的碗口那么大,没本事爬出四五十厘米深的木盆,是不是有人故意放走的呢?"

"唉,那乌龟可是碎奶奶的命根子啊……"

大人们叹息着议论着,渐渐散去。

蚊子猖狂上市,咬得我两只脚丫子上痒块块一个又一个冒出来,没心情去看打台球了,我便折回家吹空调挠痒痒去。

"涂了清凉油,蚊子包慢慢就消去了,晚上可以睡个好觉咯。"妈妈用食指指肚蘸了清凉油,小心地为我涂抹在痒块块上,"可是啊,今天晚上,可怜的碎奶奶睡不着喽。失去美美,碎奶奶会觉得很孤独,很难过,很不习惯的。"

我不以为然:"一只乌龟而已,又不是人。真要是喜欢,再去市场里找一只不就行了,花不了几块钱。"

"你把事情想得太简单。"妈妈说着,抬眼看看我,眼睛里闪过一丝深深的忧虑。

"这事情本来就不复杂嘛。"我摁下电视遥控器,"多大点儿事。"

新版《西游记》,凑合着可以看一看。

早晨,细碎的霞光从柳条儿的缝隙里洒落到河埠头,石阶便有了斑驳的花纹。那盏应急灯已经不再发出亮光,却依然忠诚地站在长条石上,静静守望着浅绿色的小河,像一个过时的饰物,和周围的景致格格不入。它就如碎奶奶一样,明明生活在大伙儿中间,却总是怪模怪样、神秘兮兮,和村子里的人格格不入。

往常这个时候,碎奶奶该在河埠头洗衣服了,可这会儿,她的门还没有开。大概是昨夜想念美美,睡晚了,所以起不来。

吃早饭的时候,妈妈用奇怪的眼神看我:"北北,是你干的?"

"什么?"我听不懂。

"是你把碎奶奶的美美放走了?"

妈妈终于问出口了,事实上,她昨晚上就想这么问。

"怎么会?"我说,"我放走美美干什么? 我跟它又没仇。"

"你跟美美没仇,但你对碎奶奶有意见。"妈妈严肃认真地说,"碎奶奶向我告过你那么多状,有一回还跑进学校到米老师那儿告你状,你不恨她?"

"我……"我一时语塞。

想起那些事我就不舒服。别看碎奶奶清高,平日里对乡亲们爱理不理,却唯独对我们这帮孩子特别上心,一天到晚用眼睛瞪我们。她就像只不知疲倦的监控探头,把什么都看在眼里,看得多了,告状自然成了家常便饭。

"北北她妈,你家北北清清早上往韭菜地里埋了一根棍子,老长老长,足足半垄田那么长,要死快哉,藏武器是要出人命的!"

"北北她妈,昨天半夜里你家北北房间的灯一直亮着,会不会是在白相电脑啊?电视里讲过了,小孩白相电脑容易痴迷,一痴迷就要痴呆,一痴呆就要痴狂,一痴狂还有得救啊?你要管管哉!"

"北北她妈,快点来看看我门前草席上晒的草头干,不得了了,被你家北北的水枪喷得湿湿嗒嗒,都挤得出水哉,几个太阳白晒啦!"

"……"

到底是当过评弹演员的,说起来一套一套,能吓死人。没办法,碎奶奶一告状,妈妈必定把我揪到脚跟前,严加审问。

"北北呀,你清早上看四下无人,便鬼鬼祟祟地在韭菜地里埋下一根长长的棍子,你想跟人打架?"

"我没有。"

"北北呀,你昨天夜里白相电脑不睡觉?"

"哪可能?"

"北北呀,你都 12 岁了还耍水枪?"

"谁说的?"

我们僵持着。

妈妈不死心,每次都在下不了台的时候抓起电话机威胁我,说要把事情告诉远在南方工作的爸爸。

我连忙抢过电话机话筒,死死按进座机里。

"我承认,我早上去过韭菜地,埋下了一根长长的……那不是棍子,其实是一根甘蔗,我想搞个试验,看自己是不是有本事种甘蔗,说不定过一阵能长出十几根甘蔗来……"

"我承认,昨天半夜我房间的灯的确是亮着,但我没有玩电脑,我是在补作业,没办法啊,第二天一定要交的,谁让我白天疯玩儿把什么都忘了……"

"我承认,我是抢了隔壁的隔壁小星的一把水枪,但也只玩儿了三分钟,用它来给咱们家开花的月季喷了点儿水,就马上还给小星了……"

总之,我都承认。

每每这时,妈妈就会笑,笑得"咯咯"响,而后拍拍我的后背,没事儿地走开。

她是相信我的。

可是米老师就不那么信任我了。

上次碎奶奶到她那儿告我状,害我在同学面前出了丑。

米老师呀,你班上的北北不听话,贼兮兮地跑到我屋后头竹林子里大小便,还用白花花的作文格子本当草纸擦屁股,喔唷喂,像只狗。

米老师听说自己的学生用作文格子本当草纸,还糟蹋人家的竹园子,哪儿肯放过我?

"向北北,把你的作文格子本拿出来,让我看看。"

"我换新本子了,簇簇新的。"

"我就想看看你原来的那本。"

"没了。"

"是不是丢在碎奶奶的竹园子里了?"

"不知道。"

"我看我还是送你两本作文格子本吧,别人写一篇,你就写两篇,你多练练。"

"不要啊!我承认!我的作文格子本确实不见了,碎奶奶跟我说是在竹园子里发现了它,可它已经被污染得惨不忍睹了。"

"向北北你是不是小狗啊？跑到人家竹园子里大小便。"

"不是啊，不是我。"

"那是谁？"

"是……是小狗。"

"我看我真的该送给你两本作文格子本。"

"不不不。我承认!"

咳，有什么办法呢？承认就承认呗，又不会掉一块肉。

可是碎奶奶急了，折了一根竹梢追着我喊：北北呀，你个小赤佬，真是坏到骨头里哉，看我用竹梢抽你背脊骨……

我拼命逃……

不过也好，我一承认，扁豆就欠了我一个大大的人情，以后出去玩儿，尽由他请客。

这个扁豆，和好事绝缘，跟坏事投缘，烦死我了。玩儿的时候憋急了居然跑到碎奶奶竹园子里解决大便问题，还随手带走我的作文格子本当草纸……

咦？仔细想想，这回碎奶奶的美美不见了，说不定就是扁豆干的。谁让碎奶奶也喜欢朝扁豆妈妈告扁豆的状呢？

这么怀疑着，我便跑去找扁豆。

"扁豆，昨天是你放走了碎奶奶的乌龟?"我直截了当地问。

扁豆正在黄瓜架下摘黄瓜，光滑的脊背穿梭在密匝匝的黄瓜藤叶中，像条烤熟的鱼。

"胡说什么?"他从架下探出脑袋，抛给我一根带刺儿的短黄瓜，自己啃上另外一根，脆生生地说，"没道理。"

"怎么没道理？你不喜欢碎奶奶成天向你妈妈告你状，所以打击报复呗。"我"咔嚓"咬下一口黄瓜，"美美可没得罪你。也不知道美美现在怎么样了？这么多年，它一直生活在碎奶奶的木脚盆里，可从来没在河里呆过，没见过什么大世面，这回冒冒失失下河，吓都能吓死。"

"你啰嗦什么？"扁豆从黄瓜架子下钻出来，抓过挂在藤架上的汗衫，麻利地穿上，"乌龟本来就应该生活在河里，让它住这么多年脚盆，太委屈了，太惨无人道了。呵呵，这回美美可出息了，自己跑出来找河……"

我撇撇嘴："哎呀你就承认吧，多大点儿事啊！去跟碎奶奶说清楚，她会原谅你的。"

扁豆咂咂嘴："承认什么？北北你怎么这么拎不清？我扁豆平时也就调点儿小皮，耍点儿小酷，但绝不是那种热衷于打击报复的人。行了行了，咱们不说美美的事儿了。等会儿我和平头他们要去镇上玩儿，顺便到新学校的篮球场打篮球，你去不去？"

"你想热死？"我瞪他一眼，甩甩胳膊走开。

哼，有胆子做没胆子承认，算什么男子汉！

不过说到新学校，我还真想去看看。呵呵，暑假过后就要上中学了，说起来是有那么点儿兴奋。听说新学校很漂亮，也很结实，是按照抗八级地震的要求设计建造的，每个教室都有大屏幕，课桌是方的，椅子是带靠背的，开水可以免费喝。真好，等空了我也去看看。

刚从扁豆那儿回来，就见碎奶奶家门口围了好几个大人，妈妈也在人群里。

碎奶奶的门一直都没开，大家七嘴八舌地揣测着，怕她在屋里头出事儿。又等了一会儿，村长来了。村长背着手在碎奶奶的屋前走了三圈后,咬着牙齿叫人砸开了碎奶奶大门上的锁。门一开,大家伙儿都迫不及待地往碎奶奶的卧室里奔……事情比想象中的好,碎奶奶不在家。

她是什么时候出去的?夜里还是清早?她会到哪儿去呢?这个老太婆可是不喜欢出去凑热闹的呀。厨房里冷灶冷锅的,一定没有吃早饭。会不会上市场买乌龟去了?就怕她想不开……哎呀,会不会半夜跑河里去……

大人们絮絮叨叨起来,越说越紧张,紧张得都往河埠头赶。

太阳已经升起来了,橘色的河面波光粼粼,像一匹亮晶晶的绸缎。

那盏半旧的应急灯依然站在河埠头的长石条上,似乎在等待着它的主人。

一切都很平静。

"北北,你跟我来!"妈妈一把抓住我。

我被带到屋里接受审讯。

"北北说实话,是不是你放走了美美?"

"说过了,我真的没有。"

"你知不知道对碎奶奶来说,美美有多重要!"

"多重要?"

"它是她唯一的伴侣。"

"一只乌龟而已。"

"她全心全意对它。在她的眼里和心里,它不是一只乌龟,而是一条生命,一位亲人,一个可爱的小孙孙。"

这话令我费解。

妈妈瞪着我,要去动电话机。不好,她又想用老方法威胁我了。我摁住电话机："不要给爸爸打电话。真的不是我放走美美的，也许美美是自己爬出去的，也许是别人放的，但绝对不是我！"

"你还不承认？"

"我没有……"

僵持了好一会儿，妈妈终于放手，叹口气说："行了。不是你就不是你吧。"

听意思像是相信我了。

我吁口气，晃出门去。

太阳越来越刺眼，河埠头没有一丝儿风，天热得叫人受不了。

在村长的指挥下，大人们迅速成立了搜寻小组，分头寻找碎奶奶。

我把本来要去新学校打篮球的扁豆和平头他们都找来，也帮着四下寻找碎奶奶。

寻找碎奶奶，成了整个村子的中心工作和重要任务。

然而大家伙儿忙活了一天，终究没有发现碎奶奶的影子。这个古怪神秘的老太婆，像个幽灵一样消失得无影无踪。

河埠头那盏褪了色的应急灯，默默地站立在黑黢黢的夜里，无端地令人觉得孤独可怜，却又阴森恐怖。

也许她去远方亲戚家了。可她有亲戚吗？

也许她出去旅行了，在家憋得太久太久，闷了。可她有那份闲心吗？

也许她故意躲起来了。可有这必要吗？

……

这些都是大人们的对话。

没有人知道碎奶奶去了哪儿。

"碎奶奶是在跟放走美美的人生气呢,"妈妈跟我说,"或许生完气就会回来的。"

"那要是她的气怎么也生不完,是不是就永远不回来了?"

"不知道。"妈妈说。

可我就是想不明白,一位将近八十岁的老奶奶,怎么会因为失去一只乌龟而难过生气呢?

夏天的最后一缕风带走了知了的歌声,我们骑上单车赶往镇上的新学校,开始全新的中学生活。可是,隔壁屋子的门依然日日紧闭。

看来碎奶奶的气是生不完了。

她的气生不完,村子里头大人小孩的心里也总不踏实。

整个村子都欠了碎奶奶。

我不喜欢这种氛围。于是,经过深思熟虑,我对妈妈、对村子里头所有的人说了一句:我承认。

我希望这三个字可以传到碎奶奶耳朵里,然后她气急败坏地回来找我。

——北北呀,你个小赤佬,竟然把我的美美放跑了,真是坏到骨头里哉,看我用竹梢抽你背脊骨……

我愿这细软糯熟的话语再次响起。

碎奶奶,我承认。

尽管这真的与我无关。

你是我的天空之城

对手

"我的对手不是你。"

　　从住进宿舍的那天起,我就知道,徐卉是我的对手。只有她,也必定是她,是我的对手。她的那双眼睛看起来太精怪了。

　　8 月 30 日下午,我拖着行李找到了 403 宿舍。

　　走进去我才意识到自己好像严重迟到了,因为我的新同学们都已经整理好床铺,坐在那儿散漫地吃东西聊天。我的出现显然破坏了她们刚刚营造起来的一点点融洽氛围,她们停下吃东西、停止说话,都木愣愣地望着我,仿佛注视一个推销早餐的陌生大妈。我实在憋不住了,哗啦啦丢下大包小包,像一阵风一样从宿舍过道里穿过,直抵卫生间。身后追过来一串大惊小怪的唏嘘声。

"哈哈,她就是林雨蓉吧!进门先找厕所,真有意思!"

"穿得那么老土,像是从山北来的。"

"但她是1号呀!成绩比咱们都好!"

"……"

她们零碎的议论淹没在长长短短的笑声里,也字字漫入我的耳朵。

为什么她们知道我的名字?为什么她们一猜就猜准我是从山北来的?我看上去真的很土吗?我心里很不是滋味,仿佛穿了身透视装,极不自在。

在来之前,爸爸妈妈都嘱咐我,上中学不比上小学,寄宿不比在家里,镇上不比村里,凡事不要计较,要跟新同学好好相处,互相关心帮助,一起努力把书读好。

我自信我是能做到的。

可没想到我会以直奔厕所的形象出现在大家面前,留给大家这么糟透的第一印象。幸好我的学号给足了我信心,不然真不知道怎么走出卫生间。

我从卫生间探出脑袋,盘算着怎么应付她们那些冷嘲热讽,她们却集体闭上了嘴巴。

我没有说话,径直走向唯一空着的一号床铺,瞥见床头贴着的小纸条上赫然打印着我的名字。下意识地,我的目光微微移向下铺的床头,只见那边的小纸条上写着:李小弄。

还有女生叫这个名字?我忍不住"扑哧"笑出声来,但马上又警觉地吞回去,若无其事地脱了鞋准备往上铺爬。

床尾坐着的女生突然站起来,绕过我的身体晃到我身后。我以为她会主动跟我打招呼,然后帮我递凉席什么的,毕竟我睡上铺,又来晚了,很需要帮助啊。没想到她只是冷冰冰地对我说:"你爬上去的时候尽量往边上踩一点,不要碰到我的席子。"

我怯生生又略感气愤地看了一眼她趾高气扬的表情,决定跟她开个玩笑:"要不你睡上铺?我们俩换一下。我非常乐意让你踩我的席子。"

这个人应该就是李小弄。

"你什么意思?"李小弄一本正经地指了指自己床头的小纸条,"别说风凉话了。看见没?学校早就安排好了,我的名字在你下面,哪有资格睡上铺?"

这话听上去酸溜溜的。

我摇摇头不跟她计较,脚丫子踩着她凉席边上露出的一点点木头边沿,小心翼翼地爬上我的一号铺。

爬上去后,我正懊恼没有把大包小包带上去,想着怎么下去取时,一个声音对我说:"我先把蚊帐递给你吧,你先系蚊帐,然后再铺床。"

这绝不是李小弄的声音。

我转过脸往下瞅,看见一张白皙瘦削的脸庞,还有一对眼梢微微向上吊起的丹凤眼,这双并不漂亮的眼睛因为盛满善意的微笑而显得美丽非凡。毋庸置疑,这是一双充满智慧的眼睛,拥有这样一双眼睛的人,必定不是一个甘于平凡的人。

"谢谢你。"我略显迟钝地涩涩一笑,却还是很好意思地对她说,"那就麻烦你了。"

这是403宿舍第一个和我主动打招呼、第一个帮助我、第一个让我感受到宿舍温暖的女生。我在当天吃晚饭的时候才知道,她有一个好听又响亮的名字,叫做徐卉,学号6。

我忽然觉得,虽然我们的宿舍挤挤挨挨铺了八张床,但在这里面,我的对手只有一个,她不是 3 号李小弄,而是 6 号徐卉。

学校按照我们的小学毕业考试成绩给了我们每人一个学号,我是 1 号,这让我惊喜和惶恐。更令我无所适从的是,班主任明老师推荐我做班长。我推辞,他说,1 号不做,谁做?

这句话给了我莫大的鼓励和压力。我感觉身后几十双眼睛都虎视眈眈地盯着我,同学们齐心协力要把我拉下去。新的环境新的课本、新的老师、新的竞争对手,一切都那么新鲜和不可预测,我只有卯足了劲儿认真对待,才不至于被别人轻易超越。

更令我始料不及的是,宿舍里的气氛远没有我想象得那么轻松和愉快。学习任务远比小学复杂和具体得多,因此大家的话题除了学习还是学习。在明老师的激励和启发下,每个人都把"超过别人"当成奋斗目标。这让我想起华山论剑。各路高手云集,却自成一派,没有任何同盟军,谁也不是谁的朋友,身边每个人都是对手、都是敌人。

而我的 1 号宝座,可以说是坐得摇摇晃晃。每周上课答问不总是最积极,作业正确率不总是最高,综合表扬的次数不总是最多。意料之中的是,徐卉对待学习果然认真,她上课不眨眼,下课不停笔,就连吃午饭的时候都企图跟我探讨数学难题。每当那时,我会故意把话题岔开,说些无关紧要的话。自私心理作怪,我对难题的解答方法避而不谈。我不能让她超过我。不能。

不多久,我的状况越来越不乐观,可以说是险象环生:数学小测验,第二名仅差我 1 分;英语小练习,我只比第二名多 0.5 分;语文阅读理解测试,我落到了第三。

最要命的是,月考成绩出来了,有个女生英语单科成绩超过我4分,四门主课总分只比我低2分。我感觉屁股着火了。这个追我追得这么紧的人,不是别人,正是6号徐卉。

成绩公布的当天晚上,下铺的李小弄用脚使劲儿顶了顶我的床板。

"恭喜你呀,月考冠军!"

没等我说谢谢,她又跟了一句:"但要做常胜将军并不容易呐!"

宿舍里一阵静默。

我有些尴尬地回了一句:"是啊。"

我躺在床上,辗转难眠。为什么我越不希望谁超过,谁就看上去越有希望超过我呢? 月光从窗口漫进来,像是一盏探照灯,把我照回了原形:林雨蓉其实是一个多么普通的女生啊,普通到根本不适合做1号。她骨子里贪玩任性,却因为戴着"学号1""班长"这些紧箍咒而不得不有所收敛;她打心眼儿里自私计较,却勉为其难在同学们面前表现得大方随和。为了维持"学号1",她不得不每天利用别人午休的时间思考难题;为了做好一班之长,她每天利用睡觉的时间考虑班里的大事小事。她做得太累了。

"这种感觉很忐忑。"我在日记里描述自己的心情和处境,"仿佛我们都是猴子,而唯独我这只猴子幸运地得到了一只红苹果,同伴们因此对我的红苹果垂涎欲滴。我成了大家注视的焦点,我的红苹果成了大家争抢的目标。我知道我很危险,在他们争夺红苹果的过程中,我很可能会受伤,很可能伤痕累累最终也无能为力,只好将红苹果拱手相让。但是,这只漂亮的红苹果无疑代表着我的尊严,我不能失去它。"

合上日记本，我心沉得仿佛装满了石头。

秋天午后的太阳遥远却灼目，我坐在教学楼前面的亭子里背诵历史。我是从阶梯教室悄悄溜出来的。这个时候，大家都跟着明老师在看电影，甄子丹的《关云长》，里面有我喜欢的孙俪。我说服自己逃离大屏幕的时候，心里升腾起一种淡淡的失落，更多的是对自己的敬意。一部电影不看没什么损失，但如果一场历史测验不理想，后果不堪设想。

"最早进入氏族公社时期的远古人类是山顶洞人……"正背到忘我时，一个声音从身后传来，我转过身，瞥见一个熟悉的身影。

你是我的天空之城

"林雨蓉,我就知道你出来背书了。"徐卉嬉皮笑脸地朝我挤弄她的丹凤眼,"下午要考历史了。嗯,我也回教室拿书来背。"

她说完下巴扬了扬,转身往教室跑去。

"徐卉!"我喊住她,"你去看电影吧,电影好看!"

她收住脚步转过脸:"嘿嘿,好看你怎么不看? 你是班长,班长带头做什么,我跟着做什么。"

我叹口气,无奈地闪一边去。

这不明摆着跟我叫板吗? 这个徐卉。平时假装关心我,其实是在对我的一举一动进行监视。看我溜出来背书,自己也溜出来背书,她惦记着我手上的红苹果啊!

眨眼工夫,徐卉就抱着历史书回到了我面前,叽里呱啦地背起来。

这声音令我心烦。

有她在身边干扰,还不如回去看电影。

"不看了不看了,"我挽住她的胳膊,"还是电影好看,咱俩回去吧。"

"好哇好哇,看电影去。"徐卉把我手上的历史书拿过去,叠在自己的历史书上,扭头朝教室奔,"我马上下来。一起走啊!"

这个人精!

叫她人精没错。这不,不知道她是怎么下功夫的,那么难的历史试卷居然考了 98 分,和我并列。要命的是,她还走过来看我的试卷:"林雨蓉,你应该考满分的,让我看看错了哪儿?"

我把试卷合起来:"有什么好看的?"

一旁的李小弄看见了，走过来推我一把："林雨蓉，你不肯给徐卉看试卷，是不是担心被她看出什么问题来呀？该不会是老师多给你分了吧?"

我气得朝她瞪眼睛。

"不会不会，老师不会算错分。"徐卉抢着说，"我只是对班长的错题比较好奇，想知道是不是和我错得一样。"

"我也很好奇啊。"李小弄自说自话着展开了我的试卷。

两个脑袋凑在一起研究我的历史试卷。

穿透视装的感觉又一次涌上我的心头。

接下来的日子，她们一如既往观察我、模仿我、研究我，使出浑身解数想超越我。不仅仅是她们，还有那帮男生。所有的人都紧紧盯着我手上的红苹果，哪怕不能咬上一口，靠近一些闻闻香味也是好的。

我一次又一次提醒自己：加油，不可以掉以轻心。

徐卉还是那么温柔，那么关心我，像个老好人一样老是跟着我转，帮助我干这个、做那个。但我知道，她善良的外表下，包裹着一颗勃勃野心。如果有一天红苹果到了她手上，说不定她对我就不会这么热情了。

转眼期中考到了。这是升入中学以来的第一次重大检阅，每个人都严阵以待。明老师发下来一张表格，要求我们填写自己的各科目标成绩，最关键的是，写上自己想要超越的那个人的名字。

"班长，我填了你。"李小弄直言不讳，"我的目标就是超过你。"

"班长，我也写了你，超过你是我最大的心愿。"2号跟我说。

"林雨蓉,我把你写上去了,虽然一时半会儿超不过,但鼓励鼓励自己总可以吧?说不定有意外惊喜呢!"5号这么对我说。

就连11号也把自己的表格支到我眼皮底下大言不惭地宣称:"班长,你就是我超越的目标。小心哦,说不定我一发力,你就下去了。"

我成了"众矢之的"。

我看了看座位四周,注意到徐卉把自己的那张表格折起来,悄悄塞进了笔袋里。我很好奇她给自己定了怎样的目标,是第一名吧?我的眼神没来得及收回,就被徐卉逮住了。我们的目光猝不及防地撞击,迸发出咄咄逼人的烈焰。

不怕。我对自己说。越是这样,越不能乱了方寸。

可我越是这样提醒自己,越觉得整个人打不起精神来,眼花了,头晕了,身体软绵绵的,心情怎么也无法平静。再加上最近一阵太累太辛苦,我终于病了,发着高烧。

别人吃完晚饭要去上晚自习了,我还躺在宿舍里睡觉。

徐卉给我送来一碗软面条,说是明老师特意请食堂阿姨为我做的,我却连坐起来的力气都没有。

"吃呀,你不吃东西怎么行呢?再过几天就要期中考试了。"徐卉端着面条坐在我床沿上。

我别过脸去不吱声儿。

"求求你吃点儿吧,要不我让明老师通知你家长?"

我吓坏了,一骨碌坐起身:"不许去!"

徐卉"咯咯"笑:"林雨蓉,你看起来蛮有力气嘛。不要偷懒,吃了面条跟我一起上晚自习去。"

"我不去。"我接过那晚热乎乎的软面条,哧溜哧溜吸了几口,含糊不清地说,"这下你满意了,我没力气好好复习,你有机会超过我了。"

"你说什么?叽里呱啦的,我没听清楚。"徐卉装傻。

我把面条吸得"吱吱"响,不再吭声。

热散去,身上舒服起来,头也不晕了,考试的日子也就来了。身体是恢复了,但一进考场,我的心就紧张起来,只觉得后背有无数只眼睛盯着,盯得我喘气都困难。

好不容易挨过两天的考试时间,我的热又来了。

这次明老师把我爸爸请了来,要他带我回家看病。

我撅着嘴巴一百个不情愿,心里惦记着考试结果,惦记着自己的红苹果会不会丢。

徐卉看出了我的心思:"林雨蓉,你安心回家休息两天吧。成绩出来了我打电话给你。"

看她那副自信的模样,好像这次她赢定了。

可我有什么办法?我的头好晕,已经没有精力跟她争来争去。

医生很快查出了我的病因,没什么大不了的,是身体免疫能力下降,心情紧张导致的。我躺在医院挂水的时候,接到了徐卉的电话。

她的声音兴奋得像幼儿园的娃娃:"林雨蓉!期中成绩出来了,你还是第一名!你考得那么好!"

我以为她在糊弄我,问了十几遍"真的吗"。

星期一回学校,验证了徐卉的说法。同学们都对我佩服得不得了,说班长发烧了还能稳坐冠军宝座,实在了不起。

我却流出眼泪来。因为徐卉,她竟然跟我并列第一。

"你几乎超过你的对手了。"我感慨道。

徐卉摇摇头。

"并列,差不多就等于超过了。"我说,"你不一直想着超过我吗?"

徐卉莞尔一笑:"我的对手不是你。"

这句话太出乎我的意料。她的对手不是我,还能是谁?

她从笔袋里取出那张表格,递到我眼前。我分明看见,在赶超对手那一栏,她写的不是我的名字,而是她自己的名字——徐卉。

我怔住了。我视为对手的那个人,并没有把我当成对手。这一刻,我惊讶,我失望,我颓废,我甚至无地自容;这一刻,我才知道自己有多么无知,多么狭隘,多么愚蠢,多么可笑。

真正的对手不是别人,而是自己。我忽然明白,其实每只猴子都分到了一棵苹果树,只要把这棵苹果树植在心上,认真灌溉呵护,树上定能结出许多红苹果。别人的苹果树长得好不好,与我何干? 我只要种好自己的,就行了。

你是我的天空之城

要是能够早一些遇见他该多好。

他坐在我对面,微醺的夕阳透过玻璃窗洒进来,将他的斜刘海染成绛色。那张轮廓分明的脸,一边晾在夕阳下,一边躲在阴暗里,让人想起外国老电影里帅得过分的男主角。

我们之间隔着一张窄窄的餐桌,靠近我的这边,卡布奇诺氤氲着奶和咖啡的芬芳,靠近他的那边,一个速写本,一杯矿泉水,简单干净。

笔尖划过速写本,刷刷,刷刷,像燕子的尾巴划过春天。

我忍不住倾了倾身子去注意笔尖下不断堆积的线条,呵,多像初夏的雨丝。

"别动哦,看着夕阳。我很快的。"他的小眼睛汇聚全部的注意力,在我脸上和他的速写本上跳来跳去。

我于是乖乖地保持着挺拔的坐姿,微微抬眉,轻轻含笑望着他。夕阳迈着碎小的步子,一点一点扫过他的斜刘海,像一条暗红色的尾巴。我突然希望时间可以就此停留。

全世界没有人这么注视过我,更别说把我一笔一笔地画下来。而他却说我是非常棒的模特儿。这让我相信,人和人之间的相遇和相知,冥冥之中是早有安排的。

是的,我渴望时间停止,让我享受这在我看来最幸福的时刻。可是我分明听见时间的嘀嗒声,嘀嗒,嘀嗒,丝毫没有懈怠的意思,甚至还淘气地加快了脚步。

"好了,你看看。"他打断我的游思,递过来他的速写本。

我愣了一下,目光从夕阳的尾巴梢收回来,去看本子上那个披着头发的女孩。她的圆脸温和精致,双眸含笑,刘海打着卷儿落在额头上,像一枚沾了露水的秋天的枫叶。

原来我落在画纸上,竟是这么的好看。

我听见自己心里呵呵地笑。

"不对,眼神没有处理好。"他把速写本收回去,低头看看,又不时抬眼审视我的眼睛,然后瞟一眼窗外黯然无光的天空,对我说,"好了,小披肩,下星期的这个时候,你再来,可以吗?"

他说完盯住了我的眼睛。那两道清澈却深邃的目光,像冬天里跃动的火把。

我的心慌乱地加速跳,我机械地搅动面前的卡布奇诺,把头低下去,轻轻地点了点。

"那你早点回家哦。"他说完耸一下肩膀,微笑着起身抓起旁座的双肩包,朝我摆摆手,抱着速写本离开了。

和前两次一样,他把画留在了桌面上。

隔着窗玻璃，我看见他踩着单车驮着书包离开。天空在他身后落下帷幕，他消失的方向，已然华灯初上。

我从包包里取出小小的音乐盒。这是一个让人看一眼就喜欢到发疯的物件，是我花了三位数从天堂街的小木屋里买回来的。它有着原木做的底座，整个身体是一个圆圆的玻璃球，透过无色的玻璃可以清晰地看到里面的金属构造，音乐响起，那些银色的齿轮慢慢转动，仿佛时间的轮子。纯音乐《天空之城》，旋律安静清澈，让人想起平静的湖面。

好笨的小披肩，想好了把它掏出来送给小眼睛哥哥的，怎么连这点儿勇气都没有？

小披肩是小眼睛哥哥给我起的名字，他说我披散在肩膀上的微黄的长发，就像天上落下的云彩，很柔很好看。

我把画卷起来，小心翼翼地竖在书包的角落，一个人走进暮色。

虹霓街永远都这么迷人。路灯像一簇簇含苞的玉兰花，广告牌有着各自炫目的色调，单行道上流动着红色的尾灯，空气中弥漫着食物的香味，初夏的月亮升起来，柔白的光洒下来，一切都是那么温馨美好。

可是我知道，我就要跟这座城市说再见了。

"怎么这么晚回来？"妈妈把牛排切成我喜欢的长条状，把盘子推到我面前，"还以为你在书店附近吃了呢。"

我起身去厨房找黑椒汁。她下的料永远不痛不痒。

"哦，对了，转学的事情你爸爸在那边安排妥当了，那所学校特别适合你。暑假结束之前，他会来把你接过去。"

我坐下来，往盘子里倒黑椒汁。

"好了好了，太多了。"一只手伸过来抢去了瓶子。

你是我的天空之城

我抬起眼,撞见妈妈镜片后面略显迷茫的双眼。

"我知道你不高兴。可那所学校真的非常适合你。"她顿了顿,又说,"我也很舍不得你。"

她说完抿一下嘴唇,抽了一张面巾纸擦眼睛。

我不怪她。她是为我好。如果新学校能够帮助我进步,我想我没有理由拒绝这次机会。

我一个人坐在台灯下,拉开抽屉,取出藏在最里面的一本大大的杂志,小心地翻开,抽出前两次的速写,和这次的并排放在书桌上。

虽然画面上是同一个人,但每一张都有所区别。第一张,我的表情比较紧张,笑容有些僵硬;第二张,我的嘴巴好像朝一边歪了,是害羞了吧;哦,第三张,第三张最好,但是眼神有一些忧郁,是的,那时候我正在担心夕阳溜得太快。

夏天的雨说来就来,像小孩子的眼泪。我窝在沙发里,阅读一本又一本厚厚的名著,偶尔思维游走,会想起小眼睛哥哥跟我的约定。

孤单的暑假,因为有了这样的约定而显得生动起来。

要是能够早一些遇见他该多好。

那是半个月前的事情。恰是暑假的第一天,我下午去社区参加了一个读书活动,然后一个人走在回家的虹霓街上。

在一家熟悉的蛋糕店旁边,一块别致的招牌一下打动了我,那上面写的是"等一个人"。

这是家新开的咖啡屋,外墙是柔软的淡绿色,细细的咖啡色边框将大块的淡绿色分割成一块块,让人想起香甜的抹茶蛋糕。

我推门进去,选了个临街靠窗的位置,点了一杯卡布奇诺,靠在柔软的沙发垫上,享受一个人的时光。

太阳一点一点往楼房后面躲,夕阳就快出现。

这个世界很美好,可为什么对我不公平?这么想着,忧郁像冷空气一样漫过来,将我整个儿吞没。我忍不住张开双臂把自己抱住。

不经意间,看见一个小眼睛的哥哥站在我身旁。

"你是不是冷了?这儿的冷气开得大了点。"他把双肩包从肩膀上卸下来,环视一下四周,"都坐满了。嗯,我可以坐你对面吗?"

他说话的时候,小小的眼睛弯成两弯新月。

我点了一下头。他微笑着坐下。服务员走过来,他只要了一杯矿泉水。

虽然对面坐个陌生男生让我感觉心里怪怪的,但很快就无暇去在意了。我托着腮帮子望着窗外的夕阳,想象爸爸的城市里那所了不起的新学校,究竟是怎样的学校呢,那儿的老师和同学会像这儿的老师和同学一样关心我吗?

"对,就这样,你看夕阳,我看你。"

我转过脸,看见对面的他正在速写本上刷刷地画着。纤细的线条们已经堆砌起了一个清晰的轮廓,圆脸,大眼睛,小嘴巴。

我的心猛地一惊。我有些生气、有些震撼、有些羞涩地望着他。我的脸一定红成了夕阳。

"对不起,没有征得你的同意就画你了,实在是情不自禁。你知道,夕阳下的你,看起来真的很可爱、很美——好。"

他把"好"字发得很轻,后面一半几乎是吞下去的。

像有一个什么东西在我心里燃烧了,冷气带来的寒意全无,取而代之的是由内而外的潮热。

"谢谢你的宽容。很高兴认识你。嗯……你是个非常棒的模特儿,要是以后能再画你该多好。"他的脸似乎也红了,小眼睛眨巴几下,端起面前的水杯咕咚咕咚喝掉一半。

我端起咖啡浅浅地抿,心里的火焰依然肆虐。

"我要紧回去了。"他起身整理背包,犹豫了一下,把那张画纸留在了桌上,"你的长头发真不错,我叫你小披肩好吗?下周的这个时候,你可以再来吗?"

我愣一下,手上的勺子跌落在盘子里,发出清脆的声响。

小披肩,他竟然送给我一个这么温暖的名字。

他走了。我心里的焰火慢慢熄灭,在灰烬消失的地方,盛放出一朵莲花。

这就是第一次的相遇。我忽然明白,任何时候都不可以沮丧,说不定在下一秒就会有惊喜出现。

没错,在我看来,小眼睛哥哥就是我命里的惊喜。

日子往前过,我盼望第四次和他相见。

这一天终于来了。

我套上淡紫色的连衣裙,踩一双乳白色的圆头小皮鞋,再扣上一顶有着薰衣草花瓣装饰的淡黄色的草帽,把音乐盒放在小包包里,早早地做好了约会的准备。

然而就在下楼前,妈妈回来了。她说要带我去参加一个同学聚会。几天前我就说不去了,没想到她还是不肯放过我。

考虑到即将跟妈妈分开,我也就顺了她的意,乖乖地跟她去聚会了。

坐在妈妈的小汽车里,又见夕阳在天边热烈地燃烧,金色的、橙色的、红色的,霞光漫天,柔软又明媚,像天使开的绸缎坊。

此时此刻,小眼睛哥哥一定坐在咖啡屋里等我。

这个时候,他的状态和心情跟咖啡屋的招牌还挺吻合——等一个人。我只能让他继续吻合下去了,实在是分身无术。

聚会很热闹,妈妈的那些同学们都夸我漂亮。这让我不停地想起画纸上的自己,想起夕阳下的小眼镜哥哥。我不在,会不会有个女孩子坐对面替代了我?

那样也好。那样他就不会怪我了。

盼望着,盼望着,又一个星期过去了。我抱着试一试的态度,走进了咖啡屋。

因为来得早,熟悉的位置空着。我很高兴地坐下来,点了一杯卡布奇诺,等待夕阳等待他。

可是,他迟迟没有出现。

我的心慢慢地慌起来。夕阳已经绽放出最绚丽的部分,对面的座位依然空着。

我把音乐盒拿出来,放在桌上,让它轻轻地唱。

《天空之城》,清亮空灵的纯音乐,让人想起飘渺的时光和一切柔软缓慢的事物。这是我要送给你的,小眼镜哥哥。我不知道你是不是会喜欢,但是对我来说,把自己喜欢的东西送给你,是对你最大的感恩。

夕阳挥一挥衣袖,收走最后一缕余辉。

我像一个落难的小伤兵,一个人走在刺目的虹霓街上。

是不是因为我上个星期失约了,所以这个星期他就没有来? 他如果知道我这个星期来了,还会故意不来吗?

如果是故意的,那就是生我气了。我怎么可以让他生气?

他是那么阳光、那么美好,像个天使。

夜晚,我在音乐盒的陪伴下浅浅地睡去。我梦见他了,他抱着速写本站在我面前,说自己是从遥远的未来穿越而来,去咖啡屋画画,是为了寻找一个善良的女孩,带她一起走进未来。

我欣喜若狂,笑着想要跟他走。

我刚迈出一步,整个人就跌入万丈深渊……

醒过来以后,我哭了,抱着膝盖埋着头,泪水沾湿了睡裙,也染湿了我的长头发。

小眼睛哥哥,你在哪儿?你的小披肩想念你了。

傻瓜,他也许早就忘了你了,一个声音在心里说。

好遗憾。我只能选择淡忘。

妈妈开始为我准备行囊,带我出入各种商店和卖场,好像要把全世界都买下来送给我,那样她才安心放我走。

当小汽车经过虹霓街上的咖啡屋,我的心会响起密匝匝的鼓点。像个梦一样,我那么快地拥有又那么快地失去了,那样的好时光。

爸爸打来电话,定好了我出发的日子。

在离开的前一天,行囊已经收拾妥当,我却似乎还没有准备好跟这儿的一切说再见。踟蹰中,我的脚不由自主地走上了虹霓街。

这是一个安静的午后。

一个人,一把遮阳伞,沿着非机动车道的石板路慢慢地向前。暑假就快结束了,暑气却不想散去。路过哈根达斯,我走进去要了一杯双色球。附近正好有个公交车站,于是我坐下来,一边吃,一边整理自己的心事。

车来车往，人们似乎都很匆忙。他们知道吗？有一个女孩要离开这儿了，去往新的城市。她有点害怕，有点失落，也有点伤感。

突然，一个熟悉的身影进入我的视线。

他背着双肩包，双手插在裤兜里，两腿并得笔直，扭头对着虹霓街西头，傻傻地等待，像一个漂亮的木偶。

我几乎想要冲过去。

就在这时候，他转过脸来，我们的目光就这么猝不及防地交汇了。

"嘿，小披肩！"他的眼睛发出夺目的亮光，整个人像通了

电的机器人,活了。

我站起来,慢慢地埋下头,不敢去看他的眼睛。意外,惊喜,羞涩,无奈……情绪像一堆蔬菜沙拉,复杂不堪。

"你也等车啊?"他把我摁到椅子上,又紧挨着我坐下,"怎么不说话?是不是生我气了?正要跟你说对不起呢,可惜找不到你。那次给你画完速写,我就被书画院派去杭州进修了,一直到昨天才回来。没办法通知你,害你在咖啡屋傻等。真是过意不去……"

我浑身的细胞在他温和的语言里慢慢松弛下来。

还好,没有让他逮着我的那次失约。

还好,后来的那次傻等,他的失约并不是有意的。

"这个星期五下午,我们去咖啡屋,你还做我的模特儿,好吗?"他的声音脆生生的,像极了初秋的莲藕。

我没有回答。

但他觉得我是默许了。

车来了,他起身跟我说再见,我站起来目送他上车,看他隔着车窗朝我挥手。

车子滑出我的视线,眼窝就在这时候涌起一片火热的潮湿。

小眼睛哥哥,谢谢你,谢谢你在我离开之前还能让我最后一次遇见你。但是,我还没有来得及给你我最爱的《天空之城》,还没有来得及告诉你,下一次我真的要失约了,而且以后我们也许再也见不着了。我不说话不是因为生气,我一点儿都没有生气。如果我的声音不是总被堵在身体里出不来,如果我像你一样是个可以说话的正常人,我一定会响亮地告诉你,你是我的天空之城。

逃逃家的红绿灯

那绝不是一个简单的信号灯。

小溪跟我说，她遇到一件奇怪的事情。她在去往姨婆家的路上，经过窄窄的枫桥路，看见路的一侧，紧挨着低矮的花坛边沿，摆着一座红绿灯。枫桥路是单行道，经过的车辆很少，根本就没有交叉路口。没有路口怎么也摆红绿灯？更奇怪的是，那红绿灯并不是个摆设，它的功能完全正常，红灯绿灯有规律地交替亮起，跟十字路口的红绿灯一样兢兢业业。最最奇怪的是，当红灯亮的时候，路过的司机会很自觉地把车停下来，直到绿灯亮时才慢慢通过。

听完小溪的叙述，我哑哑嘴："今天不是愚人节哦。"

小溪用她那无法使我信服的眼色盯住我："我

说的是真的。不信带你去看。"

"无聊。"我不屑道。

小溪夸张地说:"那红绿灯里面一定藏着秘密哟!"

我丢给她一个成熟的结论:"你魔幻书看多了。"

我说得没错,小溪早就中了魔幻书的毒。一次语文课,戴老师请她站起来背《木兰诗》,她站倒站得挺利索,就是说起话来扑朔迷离,什么"雄兔脚扑朔,雌兔变水妖……"上个星期一早上,班主任让大家把订阅下半年练习册的告家长书交上去,结果班长发现小溪的那张告家长书的背面,密密麻麻写着一堆符号,像极了魔咒。

没的说,小溪的脑袋瓜里装满了各种各样稀奇古怪的幻想。我想,因为接触了太多离奇的故事,小溪可能分不清自己是活在现实世界里,还是活在故事里了。

最受不了的是,每天吃午饭的时候,她喜欢叽里咕噜跟我说那些乱七八糟的故事。这不,最近她迷上了风妖。

"小风妖生下来就喜欢乱跑,跑起来不长眼睛,横冲直撞。白天跑,夜里还跑,只在晌午的时候稍微歇歇,趴在树上晒太阳想心事……"

我听不下去:"小溪你是 15 岁还是 5 岁?这么幼稚的故事也喜欢?"

小溪傻傻地笑:"听我讲完你也会喜欢。"

我用手捂住耳朵。

第二天饭桌上她接着讲:"小风妖的心事太多太多,多得撑满心房,都快爆炸了。如果她不跑,在速度里摩擦掉心事的分量,她真的会爆炸,到那时,会引起一场巨大的风灾……"

我感到吞咽困难,朝小溪摇摇筷子,痛苦地哀求:"你让我吃顿安静的饭，OK？"

小溪不饶我："那就明天再讲。"

第三天我端着饭盒去找离她最远的座位坐下，她却风一样地追来，紧挨着我坐下，还贿赂我一块沾着面包屑的炸鱼排。盛情难却，我只好任她讲。

"老风妖看到小风妖成天在外面乱闯，好担心她会被撞得头破血流，于是给她画了一条出行的路线，避开山峰，避开海浪，避开大树，避开高楼，避开尖利的电线塔，避开黑压压的人群，避开硬邦邦的汽车和火车……"

小溪说到这儿住了嘴，突然直勾勾地望着我。

我用筷子把她的饭盒敲得"当当"响："再不吃就馊了。天这么热。"

"我知道了！"她眼睛里闪烁着光芒，双肩耸得老高，"我知道红绿灯的秘密啦！"

"什么？"我象征性地问她。

"过几天告诉你。"她晃晃脑袋，松弛地放下肩膀，幸福地点点头，大口大口吃饭。

切，关键时刻还搞悬念？我才不稀罕。

星期五下午，戴老师公布一周语文默写情况。小溪坐滑滑梯似的，默写成绩每周持续往下溜，这次掉到了谷底。

"庄小溪，我非常负责任地告诉你，明天上午我要去你家拜访一下你的妈妈。"戴老师站在小溪身边，竭力控制着说话的音量。

不过还是被我听清楚了。

小溪连忙站起来蚊子似的哼哼："我妈妈明天不在家。"

"那你爸爸呢？"

你是我的天空之城

"那就更不在家了。"

"家里总有个人吧?"

"有啊。我就是个人。"

戴老师哭笑不得:"算了算了,我还是给你妈妈打电话吧。"

"还是发伊妹儿吧,写下来比说起来清楚些。"小溪欠着身子建议。

"为什么要听你的?"戴老师扶住眼镜架,"上次听了你的,照着你给的伊妹儿地址发了邮件,结果收到的回复是你写的。"

"啊? 你怎么知道?"小溪有点被吓坏了,小嘴唇不停地哆嗦。

"做老师最基本的一条是必须具备一定的侦察能力。"戴老师得意地说。

小溪努努嘴,没精打采地坐下。

"活该。"我丢给小溪一块白肚皮的橡皮,上面写着这两个字。

小溪的下巴收进去,再收进去,嘴巴瘪了,眼睛闭了,像是要下雨。

"喂,用不着这样脆弱吧?"我轻轻碰一下她的胳膊肘,"双休日来啦! 想点儿开心事。"

过会儿,小溪僵硬的脖子终于朝我转了转,眼睛慢慢儿睁开,脸上有了生机:"要不,我带你去看红绿灯?"

"是故事里的红绿灯吧?"

"不是,是真实存在的。你相信我。"小溪几乎是在乞求我,"你就跟我去看看吧,又不用花钱买门票。再说,那红绿灯可是有秘密的！"

我不吭声。答应她吧，显得我跟她一样傻里傻气，搞不清楚幻想和现实；不答应她吧，又势必伤她的心。思忖片刻，我灵机一动，抓起白肚皮的橡皮用力往上抛，脑海里飞快地闪了一下规则：有字就去没字就不去。

橡皮翻着跟斗往下掉，没有掉在课桌上，而是砸在了前座女生的脑袋上，然后滑入她脑袋后面的连帽衫的帽子里。

我不得不把手伸进那个漂亮的帽子……

"干什么？"前座惊叫，"马儿你想干什么？"

我抓了橡皮迅速调整面部表情，尽量很有风度地微笑："我看见有苍蝇飞进去了，想帮你逮住它。"

前座狠狠白了我一眼。

小溪无邪地笑，像刚刚欣赏完一个小丑表演节目。

我把手上的橡皮摊开，一眼撞见"活该"两个字。

行了，跟她去吧。

我们约好星期六下午一点钟在藏书桥会合。为了显得不是那么积极，我安排自己迟到十五分钟。可当一点一刻我到达藏书桥的时候，却不见小溪的影子。藏书桥不是一座桥，而是桥下面一条废弃的小船，因为模样像弯弯的桥，又有人喜欢坐在船上看书，所以大伙儿叫它藏书桥。我从船头跑到船尾，把船板蹬得"得得"响，还把脑袋探进不大的船舱："庄小溪，你搞什么鬼？"

没有小溪的回答。

烈日下，这艘浅褐色的旧船承载着满船的炎热和暑气，喝醉了似的喘着气，晃晃悠悠。我躬身走进船舱，发现角落里竖着一瓶橙汁，瓶身下压着一张纸：

小溪有事走不开,拜托马儿自己去看一下红绿灯,等马儿回来,小溪会告诉马儿红绿灯的秘密哦!

死皮赖脸求我去,结果放我鸽子,简直过分。一定是心虚,因为根本就没有那种奇怪的红绿灯。不理她。

我抹抹额头上的汗水,拎了拎汗衫领子,上岸回家去。

走了一段路感觉心有不甘,想想反正没事干,于是去找公交车。

好心人告诉我,枫桥路在遥远的西郊,只有234路车会从那儿经过,而且每天只有不多的几班车。我东打听西打听,换了三趟车,终于找到了234路车的始发站。

司机是个身材奇瘦的叔叔,戴一副雷人的墨镜。为什么说雷人呢?因为那副墨镜差不多把他整张脸遮盖住了,只露出一个尖尖的毛毛糙糙的下巴。

车上陆陆续续上来几个人,稀疏地占了座位,懒散地闭上眼或者看窗外。

"你去哪儿?"司机突然转过脸问我。

奇怪,他为何偏偏问我? 我提提肩膀:"去那个……枫桥路。"

"枫桥路没有站牌,只经过,不下客。"

我忙说:"对对对,就只要经过,不需要下车。"

"那你到哪儿下车?"

我想了想,看看窗外,指指脚底下:"坐一个来回吧,等会儿还是在这儿下车。"

"对不起,我这辆车今天不回城,终点站一到你必须下车。"

司机说完发动车子。

"终点站是哪儿?"我探着身子问。

"jingxiang。"周围好几个声音高高低低地回答我。

我睁大眼睛朝挡风玻璃上望,好不容易才看清楚两个字的背面:井乡。

井乡? 那儿一定有许许多多水井吧。

汽车很快出了城,路面有些颠簸,我的脑袋有些晕。望着窗外陌生的风景,我怀疑自己根本是在做傻事。基本上就没有什么红绿灯,那只是爱幻想的小溪的一个念想而已。在稀里糊涂的猜想中,我不知不觉睡过去了……

有一团热得发烫的身体把我蹭醒了,接着是一股呛鼻的酒味儿。我揉揉眼睛,看见一个被白汗衫包裹着的滚圆的肚皮,肚皮的最上端,顶着一张醉醺醺的黑脸。他脚边的过道里放着一个巨大的蛇皮袋,足足可以装下一个人。

喝这么多酒一定不是什么好人。

我捏捏鼻头把头移向窗外,眼前除了高高矮矮的树,便是散落在稻田间的零星农房。水稻是刚刚种下的,看上去比手指长不了多少。

"糟了!"我突然警醒,腾起屁股朝着司机喊,"枫桥路过了没?"

司机好像没听见。

"不急。这条路走完,前面才是枫桥路。"身旁的酒爷爷一边解下手腕上的毛巾抹脖子里的汗,一边不紧不慢地说,"你去枫桥路干什么? 那儿没有站牌,得提前下车。"

看样子他是个好人。谁说爱喝酒就不是好人呢?

"我不下车。"我说。

你是我的天空之城

酒爷爷把散发着汗腥味的毛巾随意搭在肩膀上："不下车怎么走亲戚?"

"我不走亲戚。"我重新坐好,"我看风景。"

"跑这儿看风景? 城里人真是闲得没事干。"酒爷爷嘀咕。

我想了想,压低嗓门问他："爷爷您知道红绿灯吗? 枫桥路上的红绿灯。"

"枫桥路上的红绿灯?"

"是啊,您知道吗?"我是那么急切地望着他。

他慢吞吞点点头："哦,你说的是'等一等'。"

"等一等?"我听不明白,"等谁? 为什么要等?"

酒爷爷刚想说话,车停了,司机朝他喊："胖叔下车啦! 今天又挣了不少吧?"

"还不错,"酒爷爷吃力地站起身,随手抓起脚边的大麻袋,一步步往前挪,"一麻袋青皮桃子全都卖了好价钱。明天还得去!"

"爷爷……哎……"我望着他的背影叹气。

放下了酒爷爷,汽车往右一拐,进入一条单行道,"枫桥路"的路牌十分醒目。路面变得很干净,路两旁也都有了低矮的花坛,花坛里铺散着粉红色的矮牵牛,鲜艳蓬勃。而周围的稻田和民房,也突然干净了许多。

这是真正的农村!

我感慨着,从座位上走出来,沿着车厢里的过道,来到司机的身旁,靠着车门边的扶手站好。

"说过了枫桥路不能下车。"

"我不下车,我看风景。"

司机转过脸看我一眼,很快又转回去,负责任地叮嘱："抓得牢牢的!"

我把扶手拽得更紧些。

前面是什么? 那站在矮牵牛丛中的,半人高的,那么醒目的,是一座红绿灯! 我张大嘴巴说不出话。这一刻正好红灯亮着,仿佛一只红色的大眼睛,一眨不眨地盯着我们的车,盯着我。

小溪没有骗我! 我感到兴奋,又觉出一些诡异的气息。

"咔——"刹车声悠长又柔和,像是一句抒情诗的最后一个停顿,充满着情意。

车迎着红灯停下了。

司机把大大的墨镜摘下来,举在手上,朝着左窗外轻轻挥了挥。

窗外除了一座房子和一棵大大的朴树,并不见人啊! 他在跟谁打招呼? 没等我弄明白,绿灯亮了,汽车动了。

"这儿不是十字路口,也不是岔路口,为什么会有红绿灯?"我要紧问司机。

这时候的他又用大大的墨镜遮住了整张脸,但声音倒还清晰:"你是说'等一等'? 那是逃逃家的红绿灯!"

"逃逃是谁?"

"一个男孩。"

"为什么说是他家的红绿灯? 那是他摆在那儿的吗? 为什么呢?"

司机朝我看看,显然没有耐心回答我这么多问题。

我朝车厢里看看,选中了一位年轻阿姨旁边的座位。我尽量显得很有礼貌,先跟她打招呼,然后才把一连串的疑问抛给她。她只叹口气,并不说话。

　　我坐立不安了。那个名叫逃逃的男孩,究竟有着怎样的故事呢?

　　为什么人们都闭口不谈?

　　直到到达终点站,站在"井乡"神秘的土地上,我依然找不到愿意跟我说逃逃故事的人。全世界都说好了对我隐瞒,是不是呢?

　　夜幕降临的时候,我用身上仅剩的一块钱打爸爸手机……

　　星期天的太阳起得特别早,小溪的电话也来得特别早。

　　"马儿昨天你看到红绿灯了吗?我没有骗你吧?"

　　"看到了。可是你怎么放我鸽子?"

　　"都怪戴老师,她真的来家访。天啊,吓死我了。结果我妈妈一整天不让我出门,非逼着我写字背书。"

　　"你是该努点儿力了!对了,快告诉我红绿灯的秘密吧!"

　　小溪"咯咯"笑:"感兴趣啦?好哇,但你必须听我讲风妖的故事。"

　　"还没完?"

　　"完了。但我给故事续了个结尾。"

　　星期一。

　　午饭的时候小溪接着讲风妖的故事:"老风妖看到小风妖成天在外面乱闯,好担心她会被撞得头破血流,于是给她画了一条出行的路线,避开山峰,避开海浪,避开大树,避开高楼,避开尖利的电线塔,避开黑压压的人群,避开硬邦邦的汽车和火车……"

　　"这段你讲过了!"我抗议,"别浪费时间。"

　　"这叫前情回顾。下边才是我接的——"小溪的态度认真得可笑，"老风妖给小风妖画的是一条最安全的路线，哪怕遇到凶猛的车流，小风妖也不会受到伤害，因为老风妖在小风妖必经的路段安装了红绿灯，在她即将穿越马路的时候，汽车全部会停下来让她……"

"什么？红绿灯？"我望着她。

小溪一脸天真："枫桥路上的红绿灯，一定是老风妖给小风妖安置的。大家都把车停下来，就是为了让风安全经过。"

我放下筷子："这就是你说的红绿灯的秘密？"

"对呀。"

"我肯定加断定你看魔幻书中毒了。"我忍不住笑，"不分现实和虚幻。"

"嘿嘿，逗你玩儿。"小溪晃晃肩膀，"那么聪明的马儿，你倒是说说，枫桥路上的红绿灯究竟是怎么回事？总得有个解释吧？"

我把了解到的一点点情况毫无保留地告诉她："那里的人都管那座红绿灯叫'等一等'。据说'等一等'和一个叫逃逃的男孩有关。但他们谁也不愿多透露一句。看样子的确有个秘密。"

"这样啊？"小溪兴奋不已，"我们星期六再去一次。"

"你妈妈不把你关起来做功课？就快期末考试了！"

"这回爬窗也得去。"

……

这相当于一次探险。因为我们决定寻找到那位名叫逃逃的神秘男孩，并且撬开他的嘴巴，挖出红绿灯的秘密。

为了使事情能够进展得顺利一些，我们做了一些准备工作。首先上网查了"井乡"的资料，了解到那是一个地广人稀的小镇,那儿的成年男人多半以打井为生,一年到头在外打井,忙得不得了。然后我们买了一些对一个胃口正常的男孩来说相当有诱惑力的零食,比如巧克力、鸡翅、薯片、猪肉脯……我们拿了家里的照相机,偷了家长的手机,甚至还千辛万苦借到了录音笔。

就这样我们坐上了234路车。

天不作美,风大雨也大,似乎有意阻挠我们去揭开红绿灯的秘密。越是这样,我们越迫切地希望了解真相。我们在上次酒爷爷下车的地方下了车。右拐,便是枫桥路。

"你确定上次司机叔叔是在红绿灯那儿朝左窗外挥手的?"穿了雨衣的小溪问我。

我一手用力撑着一把大伞,一手拎着一大袋零食,大声回答她:"我确定!我记得那里有一座房子,如果我猜得没错,男孩逃逃就住在那房子里面!司机是在跟逃逃打招呼!"

"逃逃会不会是个妖怪?"小溪的声音怪怪的。

我的心猛地一惊,但很快又平和了:"你的脑筋能不能正常一些?"

小溪伸伸舌头,迎着大雨朝前走。我紧紧跟在她身后。

我们沿着枫桥路一直走一直走,却不见红绿灯。尽管有伞有雨衣,我们还是被风雨折腾得狼狈不堪。小溪的皮鞋已经完全被雨水浸湿,走路时发出难听的"咕咕"声,而我的大伞被风吹折了好几根伞骨,变成了一个丑陋的怪物。我们艰难地往前走,直到走完这条冷清的单行道。

红绿灯不见了!整条路走下来都没见到!

"明明有的。"小溪说。

"明明有的。"我也说。

我们站在风雨里欲哭无泪。有那么一刻我怀疑自己被小溪传染了魔幻书的毒。也许根本就没有红绿灯。上次的遇见只是一个幻觉。但马上我又清醒了。

"往回走,去找那座房子！逃逃的房子！"呆了片刻,我有了主见。

"哪座房子啊?"小溪犯难了,"这沿路有好多房子呢,哪座才是红绿灯那儿的房子?"

我仔细回忆,终于有了线索:"朴树！我记得那座房子旁边有一棵大大的朴树！"

"好啊好啊,我们往回走。"小溪一下有了方向,便又燃起了信心。

风狂雨骤,我们互相鼓励着往前走……"咕咕……""咕咕……"

当我们望见大朴树的时候,也同时望见了那座普通的二层高的楼房。

我们迫不及待钻进廊檐。

门开着,里面黑森森的,好像没人。

"进去吗?"小溪脱了雨衣,缩着脖子小声问我。

我把破伞放好,跺跺脚:"你跟在我后面。"

我说完朝屋里喊:"有人吗？逃逃？逃逃在家吗？逃逃……"

屋里有了动静,像是有人在楼上走动。

小溪吓得躲到我身后。

我勇敢地抬腿迈进大门……映入眼帘的是一面黑白的遗像,清秀的脸,挺拔的鼻梁,大眼睛里满含柔情和不舍。直觉告诉我,这个善良的女人和逃逃有关。

"你们找逃逃?"一位奶奶站在楼梯口,一脸迷惑地望着我们。她看上去苍老又憔悴,瘦得恐怖。

我吓一跳:"嗯……对。请问,逃逃在吗?"

奶奶面无表情地走过来,在遗像面前站定,垂下眼帘,才说:"都走了。"

我和小溪莫名地对望一眼。

"你们是逃逃的同学吧?是啊,如果逃逃还活着,也有你们这么高了。"奶奶说着忍不住抽泣。

我的心一阵纠结。

小溪更是紧张得捂住了胸口。

逃逃已经不在了?那,那座红绿灯是怎么回事?

后来我们才知道,我们竭力想要揭开的秘密,是一个令人心碎的故事。多年以前,男孩逃逃离奇失踪,有人说他掉在深井里淹死了,也有人说是被骗子拐了去,还有人说是被他打井意外身亡的爸爸带走了。逃逃的妈妈从此一病不起,慢慢人就疯了,到后来,每天都倚在二楼阳台栏杆上,望着枫桥路上的汽车出神。她说,路上每天经过那么多的车,总有一辆车会把逃逃带回来,所以,她希望那些车经过她家门前的时候,都停下来等一等,等她看看逃逃会不会从车上走下来……善良的人们在她最后的日子里满足了她的愿望,在她家门前摆放了一座红绿灯……可那绝不是一个简单的信号灯。

明星姐姐

我捧起它，心都碎了。

明星姐姐说，她改天会送我一条裙子。

这是明星姐姐在自己的生日会上亲口对我说的一句话。

你不要以为明星姐姐是大明星，她只不过名字叫"明星"而已。除了皮肤颜色比我淡一点儿，脸蛋比我小一点儿，鼻梁比我立一点儿，嘴唇比我薄一点儿，她也没什么了不起的。

可是偏偏她过生日的时候，场面大得惊人。

四星级的阿里山酒店，大厅里满满当当坐了68桌人。

当时，她沿着床单那么宽的红地毯走进大厅的时候，穿的是淡紫色的公主裙，头上顶个银光闪闪的皇冠，漂亮得仿佛是童话故事里走出来的公主。她左手挽着我的姨妈,右手挽着我的姨父,笑吟吟走在所有人的视线里,真的像个大明星。

亲戚朋友们拼命鼓掌,一遍又一遍齐唱生日快乐歌。

我仰视捧着鲜花对着蛋糕许愿的明星姐姐,多么希望那是我啊!

为什么我就没有这样气派、这样激动人心的生日会呢?

就在上个月,我过了生日,规模小得可怜,只是一家三口围着一个巴掌大的蛋糕和三个小菜照了一张相、吃了一顿饭而已。

人比人，气死人。

不过还好，明星姐姐说会送我一条裙子，这实在令我高兴。

于是每天早上睁开眼睛，我都有很多问题问妈妈：

今天明星姐姐会送我裙子吗？

她是自己送过来还是快递过来？

她会送我怎样的裙子呢？

新的还是旧的？

什么颜色？

短裙还是长裙？

有没有蕾丝花边和腰带？

我穿上会不会像她一样漂亮？

……

但是每次我的这些问题没来得及问完，妈妈就会打断我，催我刷牙洗脸吃早饭……

她显得那么无所谓和不耐烦。她不知道对我来说，明星姐姐要送我一条裙子，这是一件多么重要的事！

我踮起脚尖盼望那一天早点儿到来。

可是，我等了好多天，都没有等到明星姐姐的裙子。

一天晚饭后，我实在忍不住了，跑进书房问爸爸："你说，明星姐姐是不是不讲信用的人？"

爸爸搂着我的肩膀说："怎么会呢？你的明星姐姐是世界上最好最好的人，当然讲信用啦。"

"那么，她答应我的事情为什么还不做到？"

"可能……她最近比较忙吧……"

"我知道，中学生会比我们小学生忙一点儿，但双休日一定有空。要不,这个星期六,我们请姨妈他们一家过来吃饭吧?"

为了早点儿得到裙子,我非常愿意请明星姐姐来做客。

"这个……"爸爸好像有些为难,"去问问你妈妈吧。"

咳,他连这点儿主都做不了,我不跟他谈了。

我去找妈妈。

"妈妈,星期六我们请姨妈他们一家来吃饭吧。你同意的话,我马上打电话。"

"为什么要请他们吃饭?"妈妈想了想,"你该不会是为了一条裙子吧?去打开你的衣柜看看,你的裙子还少吗?"

我撅着嘴不说话。

没错,我的裙子是很多,但不管我的裙子有多少,我都盼望早一点儿得到明星姐姐送的裙子。我坚信那么漂亮的她送给我的裙子,我穿上之后,一定也会变得光彩夺目、与众不同。

"一天到晚裙子裙子。萌萌,要我说你什么好?英语背了没有?古诗背到了第几首了?日记欠我多少篇了……"

我赶紧逃……

日子像被蜗牛背在了背上似的,过得好慢好慢。

秋风起来,街道边的梧桐猛地落叶,我的裙子还是杳无音讯。

我每天在希望里失望,在失望里一点点怀疑明星姐姐的诚信,一点一点生起对她的恨来。

不就是一条裙子吗?有什么了不起?天都凉了,就算现在送给我,我都不好穿了。

明年,会有更漂亮的裙子等着我。

这么想着,我便对爸爸妈妈说:"我打算明年过生日的时候,在阿里山酒店办 68 桌。"

爸爸妈妈被吓坏了。

实际上我自己也被自己的话吓坏了。

"什么？过生日办 68 桌?"爸爸的眼镜儿滑到鼻尖上,"为什么呢？这是为什么呢?"

"萌萌,明星姐姐的情况跟你不一样。"妈妈特别冷静。

还是她聪明,一下就猜到了我的想法跟明星姐姐有关。

"怎么不一样啦？她是女孩子,我也是女孩子。"

"那个……她过的是 14 周岁生日,你明年才 11 周岁。"爸爸看看妈妈,又看看我,"况且,那天她都没办 68 桌。"

"就是 68 桌,"我理直气壮地说,"我看见最后一张餐桌上写着'68'"。

"那餐桌号是跳着编的,"爸爸说,"单数跳过,逢'4'的也跳过,实际上 30 桌都不到。"

原来如此。

"再说,明星姐姐办生日会,最主要的原因是……"爸爸欲言又止。

"我不管……反正,等我 14 周岁时,生日会也那么办……"我倔强地说。

爸爸不再说什么。

妈妈叹口气,双眉紧锁。

我觉得他俩怪怪的。

我巴望自己快一点儿长大,长成明星姐姐那亭亭玉立的模样,好穿着公主裙、戴着皇冠、挽着爸爸妈妈走红地毯。

这种盼望的感觉一天天强烈起来,驱散了一条裙子带给我的失落。

你是我的天空之城

然而每当开小差的时候,我的脑海里依然会想起明星姐姐穿着紫色公主裙的俏模样。

我不再恨她,而是越来越想念她。

好久没见了。

一个休息日的午后,我对妈妈说:"我想我的明星姐姐了,我们去姨妈家玩儿吧。"

妈妈说:"改天吧。改天。"

"为什么你们都喜欢说'改天'?"我纳闷儿,"改天究竟是哪天?"

妈妈把我搂在怀里,用下巴蹭我的额头。

我的潜意识里突然冒出一个可怕的猜想——他们有什么严重的事情瞒着我!

自从生日会过后,我就没见过姨妈他们一家人。

而且,好长一段时间,爸爸妈妈看上去忧心忡忡。

我感到了一丝不安。

我找来姨妈家的电话,使劲儿打,拼命地打,没人接。

……

感恩节过后的一天,妈妈到学校接我放学,一路上一语不发,一直把我带到一个陌生的大医院。

我看见我的明星姐姐躺在雪白的病床上,脸色雪白,手指雪白。

她的眼睛无力地张开,又闭上,再张开……

病房里摆满鲜花,所有的人都含着眼泪,唤她的名字,对她微笑……

我吓得浑身发抖。

"萌萌……"明星姐姐艰难地抬起眼皮看向一边。

我顺着她的目光转身，看见一面敞开门的柜子。

突然地，哭喊声四起。

我的明星姐姐无声地走了。

……柜子里挂着的，是姐姐生日会上穿的那条淡紫色的公主裙，是我想也不敢想的一条裙子。

它是我的了。

我捧起它，心都碎了。

爸爸没有说错，我的明星姐姐是世界上最好最好的人，她没有不讲信用。

以后的每个生日，我都会穿上这条裙子，因为我知道，这上面有明星姐姐留给我的味道。

你是我的天空之城

玉树临风
安小度

名字只是个代号。
请多多观照。

　　Miss 古在电子白板上写单词时，我托着腮帮子想心事——纠结啊，再过十多分钟就是班会课啦，班干部改选，我要不要参加呢？

　　我把手伸进桌肚里摸摸在裙子口袋里捂了三天的皱巴巴的自荐书，忽然感觉额头上渗出汗来。那个忙碌的、倒霉的娱乐委员兼生活委员（以下简称双委员），我已经当过一年了，不当也罢。

　　抬脸扭过头，忽然瞥见窗口匆匆飘过一个男生，仿佛是从电视剧《神话》里走出来的，雪白的衬衫背影高瘦挺拔，走路的样子威风凛凛，帅过魏晨，酷过张杰，气死胡歌。我伸长脖子目送他的后脑勺消失在墙壁处，思量他究竟有着一张多么帅气非凡、多么惊世骇俗的脸庞……然而，鼻子眉毛都还没在脑筋里勾画清楚,却见他已拎着书包闪现在我们教室门口,正咧着两片腊肠嘴傻兮兮地笑。

所有的目光汇聚到他身上。

Miss古扶住眼镜架,浅笑吟吟又不失严肃地走下讲台,一直走到他身边:"你来啦? 欢迎加入我们纪律严明、学习刻苦、成绩优异的初二(5)班……"

原来是个插班生。

太让我失望了。眼睛比杜海涛的小,鼻头比成龙的大,还顶着两个朝天大鼻孔! 最受不了的是,下巴上居然长了颗大大咧咧的黑痣。大到什么程度呢? 隔着三排座位,我能看清楚它的形状,是倒挂水滴形。嗯,这个男生长得的确惊世骇俗,只不过一点儿都不帅。

他说他叫安小度。底下立即有人起哄,说这是女生的名字,还有人干脆给他取外号——小肚鸡肠。

Miss古气得跺脚:"谁要再给同学取外号,罚抄英语单词150遍!"

底下立马鸦雀无声。

安小度呢,神情自若地走下来,大大方方地把书包搁在我身后的课桌上。

我转过脸,他马上主动跟我打招呼:"满满,你好!"

吓傻我了!

"你怎么知道我大名?"我警惕道。

安小度抬抬下巴:"瞧,你桌上那作业本封面上写着呢!"

蹩脚的普通话,天真的表情,机灵的动作。这家伙精怪!

我假装不屑地望望他,却发现趴在他下巴上的那滴水并不是一颗黑痣,而是一颗好玩的西瓜子。

我笑得前仰后合,安小度没头没脑地跟着我傻笑。

这个乡下人。

我以为他比较单纯,没想到人不可貌相。他屁股还没坐热,就站出来推荐自己加入班委。加入就加入嘛,偏偏跟我抢双委员。

当时的情况比较复杂。别的职位都已经有了候选人,唯独双委员无人问津。Miss古像个负责任的拍卖师一样,站在讲台上一遍又一遍地扯着嗓门喊:"有没有谁站出来? 还有没有? 有没有……"

同学们窃窃私语。也有不少眼睛往我这儿瞧。

我心跳得乱七八糟,握着自荐书的手不由自主地颤抖。肚子里在催:"上去,快上去,这个职务非你莫属。"两条腿却钉在了地上,怎么也抬不起来。

在当双委员的一年里,我遭的罪、受的委屈、付出的代价还不够吗? 娱乐精神不够的话会被批评不称职,娱乐精神过头又会被指责拿了鸡毛当令箭。每天收发信件、报纸和杂志,一不当心会被冤枉私拆信件;每周利用休息时间制作生活简报,复印得妥妥当当分发给大家;每月策划并亲自主持联欢会,节目不够往往自己顶,又唱又跳像个傻妞;每学期承担一次校电视台直播的访谈节目,充当嘉宾或者主持;五四前夕,还要编排全班大合唱和集体舞,参加校级赛……忙得气喘吁吁,自己的学习耽误不说,还因为这样那样的琐事得罪同学,人际关系曾一度陷入紧张局势……

不过呢,有时也挺有成就感。但总的来说辛苦多于快乐。

正在我犹豫要不要继续做这个苦命的双委员时,安小度"嘿嘿"笑着站起来,胸膛挺得笔直,推荐自己当双委员。

底下随即有人质疑,说你刚从乡下转来,对班上的情况一无所知,怎么可以胜任班干部呢?

安小度抬抬脖子说:"我不是从乡下转来的,我是从二十公里外的邻市二中转来的,我在四个城市上了六年学啦,适应能力特强!虽说我长得比较大众化,但我以前的同学都喜欢我,还给我取了个漂亮的外号——"

"小肚鸡肠!"周围笑着合唱。

"嗯?"Miss古鼓着眼睛、咬牙切齿,"罚抄150遍……"

大伙儿赶紧捂住嘴巴。

"呵呵呵,"安小度一点儿都不生气,眯缝着小眼睛说,"我以前的同学都叫我——玉树临风。"

"玉树临风?"全班哄笑。

"玉树在那儿!"我们指着教室外西南角窗台上盆栽的玉树嚷嚷。

"那是玉树,可我叫玉树临风,我比它生动,比它有内涵。呵呵,玉树临风是我的网名。你们以后可以这么叫我。"安小度笑容可掬,"名字只是个代号。请多多关照。"

这家伙,脸皮比城墙还厚。看样子我以后也要为自己取个漂亮的网名,嗯……就叫冰清玉洁吧,出水芙蓉也行。不不,都太俗了。

哎,就因为安小度具有这么一点点娱乐精神,大多数同学为他投了赞成票。大概他们也想换换口味吧,毕竟,这个插班生说话做事的风格看上去跟我绝无雷同。

可惜,我写了三天改了七回背诵了十八遍的自荐书没能派上用场。

他要当就让他当吧。他当不出名堂,同学们才会觉出我的好来。那时候我再当,地位就比以前高十层楼啦。

像是容嬷嬷等着小燕子出丑一样,我等着安小度出状况。在我料想中,安小度初来乍到,不知天高地厚就当双委员,一定会状况不断、笑话百出。

谁知事实并非我想象得那样。他不仅很快熟悉了"业务",而且跟一帮男生女生打成了一片,混得得心应手。他还经常跟我套近乎,想从我嘴巴里套一些好的做法和经验,我呢,禁不住他软磨硬泡,也就多多少少启发他几句。他对此感激涕零,竟然往我笔袋里藏口香糖。真令人哭笑不得。

他神气活现,我可看不下去。一天晚自习,我对他说:"安小度,你看你看,咱们班气氛多沉闷,大伙儿一天到晚读书写字做练习,没劲死了。你是娱乐委员,又是生活委员,得想方设法让大家开心才对啊!"

安小度点点头:"满满你说得对,这是我的职责。不过,我觉得,要让同学们都学得开心、过得轻松,得先让最重要的那个人开心、轻松起来。她要是不开心不轻松,我们谁都开心轻松不了。"

"谁?"

"Miss古。"安小度支着下巴凑近我,"你知道吗? 我已经想好了办法,两招之内保证让亲爱的 Miss古开心轻松起来。"

"真的?"我深表怀疑,"咱们的 Miss古最喜欢板面孔瞪眼睛跺脚,是全校有名的严肃老师,你能搞定她呀?"

安小度眉毛一挑:"跟你说啦,两招之内。"

我嗤之以鼻。

星期五活动课上,我们班和初二(3)班搞联合班会,其实是一场友情辩论赛。两个班的班主任老师同时担任评委。评委席设在辩论席中间。

上课铃声刚响,我们的古美今老师和隔壁班的班主任一前一后走进来,目不斜视,在评委席正襟危坐。

整个活动室异常肃静。

安小度是辩论赛的主持人,他不忙着主持,却从一边掏出两个席位卡,快速放在两位老师面前。

席位卡刚放下,人堆里就迸出笑声来,紧接着,大伙儿都笑了,笑声此起彼伏。只有评委席上的两位老师一脸糊涂和尴尬。

谁都看见啦——古美今老师的正面席位卡上写的是:古美女。虽是一字之差,却令人捧腹。这个安小度也太大意了。再怎么粗心也不可以把老师的名字写错嘛!

辩论赛举行到一半,终于有胆大的同学"古美女古美女"地嚷嚷起来,Miss 古把席位卡翻过来一看,脸立刻红成番茄……

大伙儿都认为安小度死定了,没想到 Miss 古并没有责备他,还夸他具有娱乐精神,说他仅仅在一个字上下了功夫,就活跃了辩论赛的气氛,实在是高。

嘿,我就想不明白了,Miss 古不是古板严肃之人吗?怎么就这样了呢?"美今"?"美女"?叫"美女"就那么管用?

事过之后,安小度跟我说,他是故意把"古美今"写成"古美女"的,这是第一招。

紧跟着他使出了第二招。这招够厉害。他居然在粉笔盒里卧了一支小小的护手霜,Miss 古把它当粉笔抓在手上写字,惊得瞪眼睛,大声问怎么回事。安小度立马站起来,笑嘻嘻地说:"老师的手多用了粉笔很容易干燥,但愿这支护手霜能保护您的手。"Miss古感动得泪光闪闪,一时语塞。

两招过后,安小度的人气大增,俨然成了Miss古最贴心的小助手,可以直接跟Miss古汇报任何事,还可以在Miss古办公室直进直出。最重要的是,在他的"蛊惑"下,Miss古说话做事越来越富有娱乐精神,竟然当着我们的面谈明星、做鬼脸、捧腹笑,像个亲切的大妈。

她开心了,我们的日子也就好过了。课堂气氛轻松了,拖堂的概率小了,作业量少了,这样那样的约束减了⋯⋯

不过也有说闲话的,说安小度拍马屁,说他别有用心。

事实上安小度并不是只会奉承老师,他对大家伙儿都"别有用心"。除了做好日常工作,他不遗余力在班上搞娱乐活动,寓教于乐。比如开展反着穿衣比赛,在大伙儿把衣服反着穿玩得乐此不疲的时候提醒一句:衣服反着穿是不是很不舒服啊?这就告诉我们,做任何事情都要遵守约定和规矩,盲目地创新是没有好处的。他还在班上成立了"玉树临风爱心小队",带着一帮有钱没处花、有力气没处使的男生女生到处去送爱心。

他做得那么卖力,我不得不甘拜下风。不过我感到好奇,是什么动力在支持他这么努力地为大家服务?

一天午后,我看他闷头算着饮水费,忍不住问:"当班干部是没有工资的,双委员更是辛苦,你这么拼命干什么?"

他头也不抬:"我愿意。"

这家伙!

转眼冬天到了。我们都在操场上玩儿,安小度却用长满冻疮的手为大家做生活简报;冬季运动会上,他参加1500米长跑,不小心跑掉了鞋子,我们都看见了他露着脚趾的旧袜子,他却笑眯眯继续往前跑……

我知道,有了他,再也没我什么事了。我完完全全退出了初二(5)班的娱乐舞台。有时想想也会不甘心,所以难免酸溜溜丢给安小度一句不中听的,他却不跟我计较。

直到期末考试即将到来的时候,他跟我说:"满满,我考完试就走了,回家乡过年,过完年也不来了。"

我被吓得傻愣愣的,不知道他在说什么。

"我走以后,娱乐和生活委员还是你来当,你愿意吗?"

"你去哪儿?"我摸不着头脑,"你才转来一个学期。"

"你管我去哪儿? 你不是巴不得我从来没出现过吗?"

"谁说的?"我撇撇嘴埋下脸。

他说,他是农民工的孩子,注定跟着父母在不同的城市辗转。

安小度要走的消息打击了一大片同学,大伙儿都舍不得他离开。

他走的那天,没有一丝儿风,窗台上的玉树站得笔直,像个傻瓜。想到很可能再也见不到他了,同学们都很难过。安小度却笑眯眯地说:"没事儿。无论我在哪儿,你们都能在网上找到我,记住哦——玉树临风。"

"安小度,我们会一直记得你。"我们都说。

"我也不会忘记你们。如果有一阵风吹过玉树,那是我在想念你们……"

我们的目光投向窗外的玉树。我们知道,以后的很多天很多天,这棵玉树都会在风里摇曳……

十八样

……还有山一般
厚重的爱。

我独自一人趴在教室南边的窗台上,眼神在远处的山和近处的操场上漫无目的地游走。身后,同学们都在兴致勃勃地议论着"十八样",嘈杂的声音几乎淹没我的思维,我似乎看见他们飞溅的唾沫和夸张的表情。而这一刻,我只能自卑地给他们一个冷漠的后背,如果可以,我宁愿化作一团谁都无法看见的空气,因为,我没有"十八样"。

没有"十八样",就意味着没有爱、没有尊严和没有快乐。

声音最大的是肖啸,他因为拥有"十八样"而神采飞扬甚至得意忘形,"……我外婆坐着大三轮给我送'十八样',你们没瞧见,那桔子跟西瓜的个儿一般大;那甘蔗,呵,足有操场上的秋千架那么

高……"

我努力平息自己失落的情绪,不去想西瓜那么大的桔子和秋千架那么高的甘蔗,只盼望快点儿把最后一节课上完,好提起书包跑回家看看,外婆有没有给我送"十八样"。

十多天前,村里开始流行外婆给外孙送"十八样",都是些好吃的:苹果、香蕉、桔、李、杏、甘蔗、饼干、花生……不管是哪十八样,只要是外孙爱吃的就可以了。人家的外婆早就给外孙送了"十八样",我的外婆却迟迟没有动静。

这一个多星期以来,我每天下午放学后都满怀希望地跑回家,盼望着能看见外婆,当然,最重要的是能看见"十八样"。

你是我的天空之城

如果外婆不在,我就满屋子寻找"十八样",猜想着外婆送来"十八样"后又匆匆离开了。如果什么都没有找到,我只能打开后门,不眨眼地看着小河对岸那条发白的田埂,希望下一秒就出现外婆的身影。她可以不用大三轮,也不用小三轮,只要手挎小小一篮,就足以使我兴奋和满足。可是每一天都令我失望透顶。

实在等不及了,我就去摇妈妈的胳膊:"妈妈,您催催外婆,让她快点儿给我送十八样。"妈妈不忍心看我难过,每次都安慰我:"快了,快了。"

我那么急切地渴望"十八样"并不是因为嘴馋,而是为了向同学们证明,我跟他们一样,也是个惹人喜爱的孩子,也有一个疼我爱我的外婆,我的外婆也送得起"十八样"。我说的是实话,外婆的确很爱我,而我也非常爱外婆。每次去外婆家,我都能从她的床头柜里找出一些零食,如果零食少一点儿,外婆便会煎两个金黄色的荷包蛋或者炒一小碗葱香油炒饭给我吃。

我不会忘记前年冬天。天说变就变,上午还好好的,午饭一过就阴下来,西北风刮得越来越紧,气温骤降。放学的时候,我缩着脖子冷得发抖,腿不敢朝前迈。关键时刻,外婆雪中送炭,给我带来了棉袄和棉鞋,还有热乎乎的大包子。

那种温暖一直印刻在我心里。

然而这次,外婆竟然毫无理由不给我送"十八样",弄得我一点儿面子都没有。

"丁铃铃……"放学的铃声像冲锋的号角。我一刻也不耽搁,抓起书包就往教室外面冲。

"初蕾!"

不用回头看,我知道是朋友郝云。

"初蕾,晚上到我家去,我外婆送来的'十八样'太多了,我吃都吃不完。"郝云一把搂住我的肩膀,"我给你吃葡萄干!"

"葡萄干?"我咽了口唾沫。有一年大姑夫去新疆工作,回来的时候就带了葡萄干,我分到了一小袋,藏在枕头底下,每天捏几颗。葡萄干很甜很甜,我足足享受了半个月。

"要不,我给你吃芝麻糕。"郝云又说。

切得薄薄的芝麻糕一片片排列得整整齐齐,吃起来又香又脆。去年春游,妈妈为我买了一包。美味记忆犹新。

"咳,去了尽你挑。"郝云说,"我知道你没有'十八样'。"

我可怜的自尊心被重重一击,颜面扫地。但我告诉自己,不能就这么让人瞧扁了。于是,我挺起腰杆,扬起下巴正视郝云:"谁说我没有'十八样'?告诉你吧,我外婆明天就送来!"

说这话的时候我的心"咯嘣咯嘣"跳得厉害,脸一定红极了。甩了郝云,我一路狂奔回家,希望眼前出现"十八样"。

然而,我又一次失望了。

我不再有耐心打开后门盯着田埂守望,而是把自己关进房间,趴在冰冷的写字桌上抽泣。我不敢大声哭,怕惊扰了爸爸妈妈。我的泪水浸湿了大片衣袖,心也因为压抑而变得异常沉重。

吃晚饭的时候,爸爸妈妈似乎看出了我脸上的泪迹,一个劲儿往我碗里夹菜。我闷闷不乐地扒了半碗饭,搁下碗筷准备回房的时候,妈妈说了一句让我兴奋的话。

她说:"你外婆明天给你送十八样。"

"真的吗?"我的眼里放出光芒,"她真的明天就来吗?"

爸爸妈妈都对我点头。

徐玲
暖暖爱

系
列
小
说

　　我激动得拥抱妈妈,拥抱爸爸,甚至拥抱饭桌。我的世界因为即将拥有"十八样"而变得美好。

　　我蹦着跳着出去找郝云,拉住她的手说:"天大的好消息!我外婆明天就给我送'十八样'啦!"

　　郝云笑着说:"你放学的时候已经说过了。"

　　"噢,是吗?"我晃晃脑袋。只有我自己知道,放学的时候我没有底气,这回儿底气十足呢!

　　晚上,我是笑着入睡的。

　　第二天,我捧起粥碗的时候,瞥见墙角满满的两只新篮子,上面用藏青色的棉布遮盖着。我飞过去揭开棉布,那些可爱的家伙全部撞进我的眼里:苹果、香蕉、桔、石榴、柿子……我的眼睛应接不暇。

　　"哇! 好家伙!"我叫起来,"妈妈!"

　　妈妈从厨房里出来。

　　"外婆来过啦? 这么早?"我的眼睛始终盯着"十八样","您怎么不叫醒我?"

　　"这下高兴了吧?"妈妈摸摸我的头发。

　　"嘿嘿,高兴!"我乐得合不拢嘴。

　　我揣着几只新鲜的李子上学去,胸膛挺得笔直,脚步飞快,遇到人便嚷嚷:"这是我外婆送给我的!"

　　"好大的李子!"同学们惊慕。那一刻,我觉得自己是世界上最幸福的孩子。

　　"有什么好神气的!"肖啸突然瞪我一眼,"那根本不可能是你外婆送的。"

　　"不是我外婆送的,那是谁送的?"我横她一眼。

　　"你外婆还在医院呢!"肖啸一个字一个字地说,"昨晚我

066

奶奶告诉我,她昨天去医院看望你外婆了,你外婆前几天刚动完阑尾炎手术。"

"你说什么? 动手术?"我完全不相信她的话,"我外婆身体好着呢!"我的胸脯一颤一颤的,"你外婆才动手术呢!"

"你说什么?"肖啸的脸铁起来。

我的脸也铁起来:"我外婆要是动手术,我怎么会不知道?"

"你外婆就是动手术了! 骗你是白痴!"肖啸扯着嗓子说。

我慌了。

"噢噢噢噢! 撒谎! 撒谎!"同学们全都指着我的鼻子幸灾乐祸地笑话我。

"这李子真的是我外婆送来的!"我急得跳脚,"今天早上刚送来的!"

似乎没有人相信我。

"郝云你信不信?"我抓住郝云的胳膊,"我外婆的确来过。"

郝云看看我,又看看大家,抿抿嘴巴不吱声。

我的心情又一次跌入低谷。

我拔腿就往学校旁边妈妈上班的袜厂赶,要找妈妈问个清楚,外婆是不是真的动手术了。如果是,我一定要立刻去看望她。如果不是,就请妈妈跟我去学校,向我的同学证明我不是撒谎的孩子。

妈妈不在袜厂,我喘着粗气往家里奔。一进门,我看见妈妈正在收拾一只鸡,那是一只下蛋鸡,平时妈妈拿它当宝。

妈妈一愣:"初蕾? 你跑回来干什么? 不用上学吗?"

"您为什么杀了下蛋鸡?"我警觉起来,"是不是给外婆吃?"

妈妈立即否认:"不是啊,妈妈想给你补补身子。"

"外婆在医院里,是不是?"我追问道。

妈妈疑惑道:"你怎么知道的?"

肖啸的话果然是真的!

我蹲在地上,望着墙角篮子里高高垒起的"十八样",喉咙哽咽着说不出话来。

妈妈走过来对我说:"外婆不能给你'十八样',妈妈给你。你没有受委屈呀。"

我还是说不出话来。

"你别为外婆担心。"妈妈又说,"她恢复得很好,医生说她今天就可以出院了。"

"您为什么不早告诉我?"我说,"我要去看望外婆!"

我腾地站起来,猛地推开后门——

一个熟悉的身影出现在小河对岸的田埂上,只见她弯腰驼背,肩挑一担,一步一晃艰难地向前走,两只沉重的大篮子把扁担都吊弯了。我几乎能听见密密的喘息声和扁担的吱嘎声。

一瞬间,我的眼泪夺眶而出。向我走来的,不仅仅是外婆和"十八样",还有山一般厚重的爱。

卓卓的"情诗"

卓卓泣不成声。

　　"我以为,我会在意志消沉的时候想起你,想起你,就变得斗志昂扬;我以为,我会在惊慌失措的时候想起你,想起你,就变得淡定从容;我以为,我会在弱不禁风的时候想起你,想起你,就变成铜墙铁壁……"

　　"米卓卓,晚自习不可以念经。"阿北转过头敲卓卓的课桌。

　　"没有啊,我没有念经,你智商多少?连诗都听不出。我写的!"卓卓甩甩手上的信纸,抬着下巴回击。

　　"你写的?真的假的?"阿北伸着脖子饶有兴趣,"是情诗吧?诗里的那个'你',是哪位?"

　　"还没完。既然被你听见了,那我就再念几句吧。"卓卓晃晃胳膊。

"喂喂喂,你不要命啦?"我要紧拽她,"有点女生的矜持好不好? 居然在晚自习上给男生念情诗……"

"没那么严重。"卓卓拱拱鼻头,冲阿北耸肩膀,"糟糕,我的水笔罢工了得去趟小店,要不,等会儿给你念?"

"不行不行,你现在就念。"阿北说着,把自己的水笔拍在卓卓桌上。

卓卓眯着眼继续慢悠悠地念诗:"没想到我错了。我不仅在意志消沉的时候想起你,在惊慌失措的时候想起你,在弱不禁风的时候想起你,我还在,还在郁郁寡欢的时候想起你,在神采飞扬的时候想起你,在欣喜若狂的时候想起你,在百无聊赖,在得意洋洋,在暴跳如雷的时候,我都会想起你……"

"受不了了,"阿北抱着手臂打断,"可不可以直截了当地告诉我,那个'你'是谁?"

"嘘——"卓卓竖起一根细长的食指,"你破坏念诗的氛围了,搞得我没心情念下去。"

阿北转身从自己桌肚里摸出一片口香糖,塞进卓卓的英语书里,拍两下:"求求你了。"

我忍不住笑。

"笑什么笑? 别破坏念诗的氛围。"阿北引用卓卓的话教训我。

卓卓叹口气,接着念她的诗:"啊——想起你,所有的烦恼都会烟消云散,所有的苦水都会付诸东流,所有的委屈都会无影无踪,所有的伤害都会了无痕迹……"

"太啰嗦了! 可不可以直接说答案?"阿北抬腕看表,"依据在下的经验,三十秒钟后班主任就要驾到……"

070

"不要破坏念诗的氛围。"

这次是我说的。我说完捂着嘴巴笑。

阿北气得眼镜掉到鼻尖上,一边朝前门看、后门望一边催促:"快说结果呀,说呀……"

"你是我头顶的阳光,你是我足下的沃土……"

卓卓念到这儿,班主任准时驾到,阿北迅速转回去。

两鬓霜白的班主任风度翩翩地环顾四周,和颜悦色地问:"大家都还认真吧?"

"认真!"我们说。

她每天都这么问,我们每天都这么回答。

卓卓咬我耳朵:"待会儿菜的还是肉的?"

我摇摇头不吱声儿。

像我这样见了班主任就不敢随便说话的乖女生,教室里只剩下一个了。

"报告!那个,米卓卓在晚自习上念经!"

"呵呵哈……"气氛被搞活了。

"哦不对,是念诗!刚刚口误。"阿北接着揭发,"她不但念诗,还写诗,她念的就是她自己写的诗!"

"说话的时候,情绪再激动,语序都不能颠倒。"班主任扶住眼镜架,耐心地指导阿北,"应该是——她不但写诗,还念诗,把自己写的诗念出来。先写再念才对呀,语序不能乱。"

"我知道了。"被"指导"的阿北有些小小的害羞,忍不住爆料,"米卓卓不但写诗,还写情诗!"

"哇——"全班惊呼。

我急得朝阿北的后背拼命瞪眼睛。

在此起彼伏的起哄声里,卓卓有些别扭地为自己辩解:

"是……是友情，不是别的什么情，你们想象力不要太丰富哦！"

她越是解释，同学们越觉得好笑。

班主任依旧和蔼可亲地看着大家。

这样的班主任，整个学校也只剩下一个了。

"既然是友情，那就拿出来，我帮你读给大家听！"阿北异常兴奋，"快拿出来呀！"

卓卓把信纸塞进书包，死死地捂住："我不我不我就不。"

阿北弯了腰把手伸过来有抢书包的意思，附近几个好奇的男生也纷纷围上来帮忙。

大家都想见识见识卓卓的"情诗"。

我鼓起勇气，像驱赶蚊虫一样赶他们走，偏偏越赶越多。

"拿到了拿到了！"阿北得手后得意地把信纸高高举起。

没来得及展开看，纸被班主任温柔地夺过去。

周围安静下来。每个人都盯着班主任的脸，希望从中捕捉到什么蛛丝马迹。

"完了完了，米卓卓你完蛋啦！"阿北扭着身体得意地说。

卓卓把头埋下去不理他。

我紧张得不能呼吸。

"呵呵……一首不错的……友情诗。"班主任终于开口了，"嗯……是我让米卓卓写的，准备投给日报副刊。"

她的话让我们感到意外。

直觉告诉我，那不太可能是一首友情诗。

"都别大惊小怪的。"班主任保持着极具亲和力的微笑，"友情，从来都是值得书写和赞颂的主题。古往今来，文人墨客留下许多脍炙人口的友情诗，现当代文学中也不乏描述友情的好诗佳句,作为当代中学生,你们当然也可以拿起自己的笔抒写友情。这样吧,每个人都写写友情诗,长短不限,周日晚上回校后交,我会择优向日报副刊推荐。"

写诗?

全班哑然。

铃音响了,晚自习结束。

一帮男生女生涌过来数落阿北。

"都怪你,好端端的提什么写诗!"

"这下好了,大伙儿跟着你倒霉,诗怎么写嘛!从来没学过!"

"就是!"

"可恶的阿北!"

阿北堆笑脸赔不是:"各位凑合着写上两句吧。实在不行就引用李白或者杜甫的,把标点符号改一下……"

"笨蛋!李白和杜甫那么出名,怎么可以引用他们的诗?你当班主任弱智?要引用也只能引用不出名的诗人的诗,那样看上去才像是自己写的嘛!"

"我看,保险起见,还是引用流行歌曲吧,班主任不熟。"

"万一她熟呢?我奶奶 68 了还会唱《千里之外》。"

"啊呕——"

"那怎么办?"

"……"

另一帮男生女生围住卓卓。

"你写了什么样的情诗啊?"

"真的是友情诗?"

"真的是班主任让你写的?"

"写诗要用笔名,你有吗?"

"可不可以学习一下?"

"……"

我拉着卓卓突出重围。

"糟了吧你? 没事写什么诗?"

"不说啦。肉的还是菜的? 今天轮到我请你。"

"刚刚班主任有意保护你,你预备怎么向她交代?"

"昨天菜包子里面的菜都发黄了,今天咱们还是吃肉的吧。"

"你的'情诗'还在班主任那儿,明天一早去找她坦白吧,争取宽大处理。"

"别说啦,买包子去,晚了就买不到了。"

……

卓卓像是饿死鬼投胎,一边走一边大口大口吃掉两个肉包子。

平时她担心发胖,只吃一个。

和热乎乎的包子相比,那首"情诗"更吊我胃口。

"说真的,哪位帅哥让你那么牵肠挂肚? 小声点儿告诉我。"我忍不住了。

卓卓瞪圆眼睛:"什么嘛!"

"不说也行。"我挽住她的胳膊,"我警告你哦,这种诗最好不要随便写,免得给男生起哄的机会。"

"这种诗怎么啦? 我就写!"

她说完快步冲进宿舍楼,不见了踪影。

我觉得苗头不对。

熄灯前,姐妹们对"情诗"事件议论纷纷,卓卓装聋作哑,个人卫生搞得很利索，钻进被窝就睡。

熄灯后，我悄悄爬进她的被窝。

"我们才初二。"

"嗯。"

"我们的主要任务是学习。"

"嗯。"

"学习应该是心无杂念的。"

"嗯。"

"把心思收回来吧，别惦记诗里的那个人了。"

这回卓卓非但没有"嗯"，反而把脑袋埋进了被子里。

我拍拍她，忧心忡忡地爬下床。

第二天，我和卓卓刚进教室，男生们就齐刷刷吼起来："情诗！情诗！情诗！"

阿北叉着腰站一边咧嘴笑。

看来谁都看出来了，卓卓的"情诗"另有隐情。班主任掩饰的话语只是解了一时的围，却不能打消所有人的好奇心。

卓卓脑袋一歪夺门而出。

"一颗少女的心受伤害喽！"

"我们是不是有点过分？"

"她没事儿吧？"

"……"

男生们望着卓卓的背影嘟哝。

"你们就是太过分了！"

我说完拔腿去追卓卓。

她在图书馆门前的桂花树下站定，仰头望着葱郁的树冠，脖子抬得老长老长。

"抬起头眼泪就下不来了吗?"

"我没有哭。"卓卓抿抿嘴巴看我。

"他们说他们的,你不用往心里去。"

"没事儿。我只是想起我家门前的桂花树,跟这棵一样,茂密得看不见枝干,一到夏末秋初,那香味儿甜滋滋的使人陶醉。"

"你家门前有桂花树? 别墅? 咳,我家只有盆栽的仙人掌。"

"别墅有什么用? 还不是一个寂寞的空壳儿?"卓卓摸摸下巴,眼神忧郁。

"空壳?"我的脑子不够用了。

"走吧。"

我跟着卓卓走进班主任办公室。

班主任不在。

"怎么? 想通啦? 愿意坦白啦?"我有些释然。

"其实也没什么。"卓卓耸耸肩膀。

她的眼睛掠过桌面上一堆零散的练习册,一下找到自己的那张信纸。

快到教室的时候,我们发现里面没有了刚刚的喧嚣,取而代之的是异常的安静,有几个女生还发出轻微的啜泣声。

我们走进去,所有的目光锁住卓卓。

看上去起哄的同学们被班主任严厉教训过。

我径直回到座位。

卓卓却站在讲台旁边不下来。她徐徐展开手上的信纸,看看班主任,环视同学们,深吸一口气,一本正经地说:"我想把昨晚没念完的情诗念一遍。"

　　意料之外的是，大家一点儿都不激动，仿佛对卓卓的"情诗"失去了兴趣，就连阿北都把脑袋别到了窗外。

　　"……我记得你手心的味道，记得你胸膛的温暖，记得你慈爱的眼神，记得你在我 10 岁生日的时候送我的红皮鞋……我亲爱的爸爸，你在那边还好吗？

　　"有人说，女儿是爸爸上辈子的情人，依依不舍追到了这辈子。我写这首情诗送给你，求你下辈子再追过来做我的爸爸……"

　　卓卓泣不成声。

　　我愣在那儿回不过神来。

　　阿北嗅嗅鼻头转过来说："刚刚班主任说，米卓卓的爸爸上个月发生了意外……我真的不知道……我们都不知道……"

　　我真想冲上去，紧紧地抱住卓卓。

你是我的天空之城

回家的路

我们等你。

　　飘雪了,雪下得先是像吹散的头皮屑,没过一会儿又如扯碎的棉絮,越下越热闹。翻翻日历,已经是农历十二月十三,快过年了。

　　我抱着热水袋站在屋檐下,目光穿过长长的堆满树皮的弄堂,盯住虎口那么宽的一方弄堂口,等爸爸回来。

　　爸爸被一个电话叫回厂里去了。当时我们正在修一把跛了脚的木椅子。这把木椅子是房东爷爷的,他把它交给我们的时候就有点儿跛,一年用下来,就更跛了。爸爸说,快过年了,屋子里的东西样样都要齐齐整整,铁锅得补,窗帘得缝,木椅子也得修。我说不修有什么关系呢,反正我们要回老家了。他说那也得修好,过完年回来,用着才都称心。

回家,过年。进入冬天,这两个词就一直在我脑海里绕着圆圈跑,惹得我兴奋不已。

火车票已经托老乡买好了,是农历十二月十七的。明天我考完试,后天爸爸拿到了年终奖,大后天逛个街再收拾收拾,就可以出发了。妈妈一定等急了。她昨天晚上用贵三叔的手机打来电话,说窗花剪好了,猪肉熏上了,还用新棉絮做了两床棉被,我们寄回去的奶糖和羽绒服也收到了,家里收拾得干干净净,就等着团聚。

这个时候,妈妈在干什么?奶奶又在干什么?她们一定坐在屋前晒太阳吧,阳光照射着我们的房子,照射着我们回家的路,照射着小青肉嘟嘟的身体,一切都显得金灿灿、暖融融的。呵呵,一年没见,小青该长肥了吧?

本来暑假里我可以回去一趟的,看看奶奶,看看小青,可是妈妈来了。她来,既是为了给我们父子做饭、洗衣服,也是利用农闲打短工挣钱。今年工钱涨了不少,像爸爸这样的油漆匠,一天可以挣 150 元,妈妈是小工,也有 100 元。不过爸爸是有正经工作单位的,做油漆匠挣钱只能利用休息日和晚上。忙的时候,爸爸白天上班,晚上做油漆工,累得直不起腰。越是累,他越是高兴,他说,每个人到了年终都应该向家里交一份成绩单,他的成绩单就是钱,钱越多,成绩越优秀。

背井离乡出来打工,唯一能够证明自己价值的,似乎只有钱。

暑假一过,妈妈回去了。临走的时候她对我说:好好长个儿,过年回家给你量身高;好好读书,过年回家把学到的知识讲给奶奶听,让奶奶高兴高兴。

现在,就快过年了,要回到自己的家,回到妈妈和奶奶身边了,这是多么激动人心的事啊!

雪花飘得越来越利落,我的心被揪起来。要是大雪一直下一直下,白皑皑铺满长长的回家的路,那我和爸爸还怎么回去过年?

我不敢想象,如果我们回不了家,全家人不能在除夕的时候团圆,那我们每个人该有多么沮丧和难过。就连小青也会耷拉着脑袋不吃不睡。

过年,是一个永远不可以错过的约定。

弄堂里覆盖树皮的塑料薄膜上已经积了薄薄一层雪,爸爸还没有回来。厂里不是开始放假了吗? 难道临时要加班? 或者,发年终奖的事提前了?

我胡乱地猜着,跺跺发麻的脚,这才意识到怀里的热水袋已经没有了一丝儿热气,便缩着脖子回屋里。

我们租住的屋是房东爷爷楼房后面的一间平房。我们老家也是这种平房。爸爸说,顶多再过三年,他要回家盖楼房。

每当他这么说,我就觉得不可思议。真的会有那么一天,我们家盖楼房? 想起来就要笑。

不过眼下不用想那么多,最要紧的是回家,过年。

还有就是明天的期末考试。要是考得不好,回家见到妈妈和奶奶,我会不好意思的。

我趴在小桌上看英语复习卷,一遍又一遍地背诵。屋子里有些暗,我却舍不得开灯。我从房东爷爷那儿了解过了,这后面并排的三户外来租房户,就我家每月的电费最多。最东边那户人家住了三个人,电费却比我们少。可能是因为我每天晚上要写很长时间的作业吧。

背了好一会儿英语，天色逐渐暗下来，雪还是没有停下来的意思。再出门去看，弄堂里已经白茫茫一片了，树皮垛俨然成了一道线条温柔的白色小丘。

刚想转身回屋，瞥见一个身影闯入弄堂来。

"芋头，快去厂子里看看，你爸要跟人打起来了，那牛脾气一上来，没人拦得住，你快去……"

是胡子叔。

"怎么会打架？"我吓一跳。

"还不是因为年终奖的事！说好了十五发，今天厂长又说要二十才能发。差5天呢！大伙儿都算好了啥时候回家，有的连火车票都买了……"

没等他说完，我撒腿就往弄堂口冲。雪地滑溜溜的，差点儿摔倒。

我一路像救护车一样跑到厂子里，发现事情早已经平息。工人们围坐在车间里，叹气的叹气，发牢骚的发牢骚。

在厂长办公室，我见到了爸爸。他叉腿站在冰箱一样大的一台空调前面，脸色潮红，头发凌乱，衣衫不整，嘴巴里唧唧呱呱说着什么。除了他，屋子里还有五六个人，坐的坐、站的站，都蹙着眉、沉默着。

"爸爸。"我走过去，拉拉他抱在胸前的手臂。

从表面上看他没有受伤，不过我担心他会不会有内伤，毕竟打架太容易伤人了。

"该说的我都说了。厂里的困难我们都能体谅，但我们回家过年的事也不能耽搁啊……是吧？就依你们，农历十二月二十发年终奖，但是，千万不能往后拖了。"

爸爸严肃认真地说完这些，搂着我的肩膀就走。

我跟随他走出办公室,目光却在周围人的脸上和身上一一掠过,发现没有谁被打得头破血流的样子,心才放下来。

显然,一场激战在我到来之前已经被顺利制止了。

我坐在爸爸电动车的后座,侧着脸把头靠在他后背上,双手插进他的棉袄口袋。雪花在我眼前肆意飞舞,落得我满头满肩。闭上眼,颠颠晃晃中,我不禁有一种回家的错觉——要是爸爸的电动车能够一直开一直开,开到老家,开到我们的房子前,那该多好。

为什么回家的路那么长、那么远?

不是我一个人认为回家的路远,陈东东、穆子强他们都是这么认为的。有一次我们发现学校阅览室后墙上张贴着中国地图,就用手量了量老家和这座城市的距离,差不多都有一拃那么长吧,火车要开十多个小时。

如果真的骑电动车回家,就算电瓶能支撑那么久,我和爸爸也撑不了那么久,不变成冰坨才怪。

是谁定了规矩,要把年放在最冷最冷的日子里过? 是为了给人寒冷,还是温暖?

不管了。

回到租住屋里,爸爸没事人似的继续修木椅子,我背诵课文。虽然奖金延迟 5 天发放,但我们还是勉强能够接受。不接受又能怎样? 总不能两手空空回去吧?

第二天早上推开门,雪停了,厚厚一层,淹没了脚踝。

天气阴冷阴冷的,没有太阳,没有风,没有往日的喧嚣。教室里异常安静,只有笔尖摩擦试卷的声音。我坐在冰冷的椅子上,用长满冻疮的手,一道题一道题做过去,仔仔细细,不敢有丝毫马虎。我知道,辛苦了一学期,就等这一天。像爸爸辛苦了一年，就等着拿年终奖金的那一天一样。爸爸要交出的成绩单是钱，我要交出的成绩单是分数，越多越好。

其实我完全可以留在老家上学，但是爸爸、妈妈和奶奶都说城里的学校条件好、城里的老师水平高，说什么也要送我到城里上学。这已经是我在城里度过的第五个学期了。奶奶给我算过一笔账，说我在城里读书和在老家读书相比，一年的吃穿用差不多要多花三千块。三千块对城里的家庭来说是个小数目，对我们家来说，却是妈妈辛苦耕种七八亩地的年收入。

所以，我比谁都珍惜在城里上学的机会，我要让那三千块发挥最大的作用。

交完试卷，领了寒假作业本，校园里沸腾了。很多家长早就守在校门口，只要自己的孩子一出来，马上就直奔火车站，或者是直奔长途汽车站。也有老乡们一起包车的，行李什么的都装妥当了，接了孩子直接往老家赶。

大雪阻挡不了回家的路。为了早点儿赶回家跟亲人团聚，就算地上再铺再厚的雪，许多老乡也要冒险回家。

看着大家一个个幸福地被家长接走，我的鼻腔忍不住发酸。

"芋头，"好朋友陈东东托着一个热气腾腾的肉夹馍奔过来，撕下一小片肉，拎到我嘴唇上，"你说奇怪不奇怪？"

我伸出舌头把肉舔进嘴巴："奇怪什么？"

"雪怎么不化呢？"他用力跺脚，把雪踩得"嘎嘎"响。

"是啊，雪怎么不融化呢？"我皱皱眉头，"你什么时候回老家？"

"明天晚上。"

"你爸爸的工钱拿到了？"

"昨天拿到的。"

"明天坐火车?"

"长途汽车。得跑一整夜。老天保佑路上别结冰。"他有
滋有味地嚼着肉夹馍,"结冰也别打滑,打滑也别翻车,翻车也
别……"

"闭嘴啦!"我用胳膊撞他一下,"我奶奶说,大过年的,得
说吉利话。"

"我说的是吉利话呀!"他伸出油汪汪的手指头揉揉鼻尖,
和我并肩往前走,"对了,芋头,我过完年不回来上学了。"

"啊?"我感到太突然,"为什么呀? 为什么不回来上学?
老家学校的教材跟这儿不一样,你怎么继续?"

陈东东抹抹嘴唇:"我爸爸说,他要在老家承包小山头,跟
人家合伙养羊,八字已经有了一撇。"

"真的?"我不由得心生羡慕,脑海里浮现出许许多多山羊
奔跑在青山头的画面,"陈东东,你家要发财了。"

"我妈妈说不一定能发财。养羊是有风险的,搞不好亏
大了。"

我提高嗓门:"我奶奶说,大过年的……"

"得说吉利话!"他嗓门比我还大。

我们俩"呵呵"大笑。

说真的,要和他说再见,我还真难过,心里空落落、涩嘎嘎
的。这一别,不知道猴年马月才有机会重逢。我们俩的老家,
隔着山山水水半个中国。

为什么天底下的路那么长、那么远?

十二月十七的火车票,我们是用不上了。晚上,爸爸拿着
票去售票点退票,然后再买新的。

我睡在床上辗转反侧。多么宁静的夜晚啊,仿佛全世界的人都走了,都回家过年了,只剩下我。

"你听。"黑暗中,我对自己说。

"什么?"

"什么声音都没有。你听见了吗?"

什么声音都没有,才是最可怕的声音。

我把脑袋埋进被子里,开始思量我熟悉的每一个人。这会儿陈东东已经坐上长途车了吧? 是卧铺,满铺的袜子臭味,想起来就恶心。妈妈和奶奶在忙活什么呢? 她们还不知道我们后天上不了火车。要是知道,一定会失望。爸爸排在第几呢? 还有多久能轮到他买票? 他一定又冷又饿。他在和前后的人聊些什么? 会说到我吗? 哦,对了,还有穆子强,他哪天回家? 我都不知道。

迷迷糊糊睡去,昏昏沉沉醒来。

是咳嗽声把我惊醒的。

睁开眼,看见爸爸躬身站在炉灶前熬粥。咳嗽声越来越密。

"爸爸,你什么时候回来的?"我探出脑袋,却懒得起床。

"刚回来。"

"你咳嗽了?"

他挤出一个笑容:"不是咳嗽,是回来的路上冷风吃得太多了,打饱嗝。"

我被他逗乐了:"火车票买到了?"

"买到了。"

"哪天的?"

"腊月二十下午六点十分。拿了奖金咱们径直去火车站。

你是我的天空之城

第二天天亮就能到家。"

"那要是二十那天拿不到奖金呢?"我忽然忧心忡忡。

"没那回事。"爸爸说。

我点点头:"是啊,没那回事。大过年的,得说吉利话。咱们一定能顺顺当当回家。"

"要是雪再下大一点,天再冷一点,我们也许回不了家。"

"又下雪了?"我连忙爬起来扯开窗帘。

呀!北窗外的小路上,雪浓成了一地厚厚的鲜奶蛋糕。

"夜里下的。这会儿总算停了。"爸爸舀了一碗热腾腾的粥,张嘴就喝,一副渴极了、饿极了的模样,"昨天地上的雪不融,我就知道还得下。雪等雪。"

雪等雪?

听爸爸这么说,我觉得眼前的雪变得可爱了。

好在天气预报说,大雪告一段落了。不然的话,我还真担心回不了家、过不了年。呵呵,雪也是懂感情的。

接下来的日子过得特别特别的缓慢,仿佛生了锈卡了泥巴的车轮,气喘吁吁,怎么也走不动。隔壁的张木匠带着女朋友提着大包小包乐呵呵赶火车去了;再隔壁的大脸叔叔和大脚婶婶抱着孩子也高高兴兴回去了;前面的房东爷爷单位里发了年货——两条比我腿还长的青鱼,爷爷正蹲在房前水池边收拾,房东奶奶哼着小曲打下手;弄堂口不时有卖年货的小贩经过——酒酿、汤圆、红枣、瓜子、苹果、脐橙、福字、对联……五花八门。

年的脚步越来越近,犹如一首即将进入高潮的歌,越来越惹人期待、扣人心弦。

农历十二月十九,我在房东爷爷的屋前晒太阳,一辆银花花的面包车从我面前慢吞吞驶过，又退回来，对我摁响喇叭。

我站起来，看见窗玻璃落下，露出一个熟悉的圆滚滚的脑袋。

"嘿！芋头！你怎么还没回老家？快过年啦！"

是穆子强。可是，怎么会是他呢？他怎么会坐到汽车里去？

我站在那儿反应不过来。

他打开车门跳下来，冲到我身边一把抓住我的手臂，把我拉到小小的闪着银光的面包车跟前。

"想不想进去坐坐？"

"谁的车呀？"

"我家新买的，瞧见没，司机是我爸爸。"

我被吓坏了，张着嘴巴半天回不过神来，直到叔叔走下车来跟我打招呼，我才意识到这是真的。

我打量着眼前这辆银晃晃的汽车，羡慕得口水直流三千尺。

要是我家也买上一辆车，哪怕比这丑一点、旧一点，该多棒啊！那样的话，我们就可以自己开车回家过年，还可以让妈妈和奶奶都坐到车里，一起去镇上赶集。

有了自己的汽车，回家的路就显得不那么长不那么远了吧？

穆子强钻进车里，朝我挥挥手。然后，小小的面包车喷着热气离我远去……载着幸福的两父子赶往老家过年。

我久久地站在那儿，像截可怜的木桩。

还好，盼望的日子终于来了。

十二月二十，爸爸起了个大早，去厂里拿奖金。我吃完早饭,兴奋地把几天前就整理妥当的行李都搬到了门口。尽管知道火车票是下午六点的,但还是激动地想,早点儿去火车站心里才踏实。

我握着火车票站在弄堂口,等待着爸爸。

拿个奖金,应该不需要太多时间吧。可是,一直等到房东奶奶在水池边洗完两床被套,爸爸还没有回来。

我急了,担心出什么意外,便央求房东奶奶允许我用一下她家的电话。

爸爸的手机通了。

"芋头,爸爸吃了午饭回来,你自己下碗面条,别忘了加个鸡蛋。"他的声音很兴奋。

"奖金拿到了?"

"拿到了。"

我开心了,吁口气说:"那你还吃午饭干嘛? 咱们早点儿去火车站吧!"

"临时有个事儿。不急着走。等我回来再说。挂了。别浪费人家电话费。"

"可是爸爸……"

没等我说完,电话断线了。

不管怎么样,爸爸的奖金拿到了,回家的事情耽搁不了了。我回到屋里,打开电视机,高高兴兴地看起来。

这几天总担心回不了家、过不了年,都没有认认真真看电视。这会儿心里的石头总算落地了。

想到再过几个小时就坐上回家的火车,我浑身热乎乎的,连嘴巴里都莫名地泛出甜味来。

午饭过后,爸爸提着一袋菜回来了,一进门就说:"晚上吃白菜肉骨头汤。"

"晚饭？咱们得赶火车！最好现在就走。"我说。

他把菜搁在灶台上，转过脸对我说："芋头，还有十天才过年，咱们可以晚几天走。"

这话令我难以置信。这阵子，他和我一样归心似箭，怎么这会儿不着急回家了呢？

我傻愣愣地望着他。

"我跟你说，今天我接到油漆活了，人家点名要我去做，你知道工钱是多少？一天 150 元！是一个着急开机的大厂房，油漆地面、粉刷墙面。活儿很简单，也不累人。"

"还要干活？"我叫起来，"火车票都买好了！钱重要还是回家重要？"

他好脾气地笑笑："都重要。"

我瞪住他。

沉默了一会儿，我问他："做几天？"同时在心里盘算，要是在 3 天之内，我可以接受。

爸爸伸出 5 个手指头，再放下，拍拍我肩膀："我看这 5 天你可以把寒假作业都做完，省得过年带回老家去做，带来带去也烦。"

5 天？

我不说话，挣扎着要不要阻止他去干这趟油漆活儿。

回家的路，为什么绕那么多个弯儿？大雪、奖金、干活……还会不会有什么别的弯儿在等着我们？

"我得马上出去一趟，把今天的火车票退了，或者转让掉。"顿了顿，爸爸问，"我不在家的这 5 天，你会照顾自己吗？"

我听不懂："你不在家？"

你是我的天空之城

他嘿嘿笑着说:"这趟活儿得去一百多公里外的江海镇,要油漆的厂房就在那个镇上,我们几个油漆工都得吃住在那儿。"

我懵了。

这么说,我要在这冰冷的租住屋里独自过上5天5夜?在别人热热闹闹准备过年的当口,我却要像饺子一样被封在冰箱里?

我突然感到害怕。我怕我过不了这5天。

回家,过年。这两个词在我脑海里飞转得越来越快,扰得我坐立不定、寝食难安。

已经比约好的日子晚了几天,要是再晚5天,妈妈和奶奶会着急和担心的。

思来想去,我心里有了结论。

爸爸骑上电动车要出门去退票,我一把拉住他:"爸爸,留一张票给我。"

他侧着脑袋蹙眉头,好像听不懂我的话。

我郑重其事地告诉他:"我可以一个人先回家。"然后从他手上抽走一张火车票。

他嘴唇哆嗦了一下,结巴起来:"芋头……你……你不愿意等爸爸干完活一起回?"

"不是我不愿意等,只是,我怕妈妈和奶奶担心。我一个人先回去,可以给她们一些安慰。"

"可是我不放心。要是妈妈和奶奶知道爸爸让你一个人赶那么远的路,也会不放心的。万一路上出事怎么办?"

"不会出事的,我都13岁了。"

"不行,我不能让你一个人先走。"

"求求你了。"我说。

他别过头去，嘴巴一歪，吸吸鼻头，再把脸转过来："好吧，我送你去火车站，顺便把剩下的一张火车票退了。"

我二话不说，抓起一包行李跟他走。

去往火车站的路越走越拥挤。像是无数条小河都要汇聚到大海一样，四面八方的人都汇聚到了火车站。世界上什么地方的人最多？是火车站，尤其是春节前的火车站。

回家，过年，是一个谁都不忍心错过的约定。

我坐在爸爸电动车后座上，闭上眼，晃晃颠颠中，又有了一种幸福的错觉。爸爸，我们走在回家过年的路上了吗？这条路其实也不远啊，它在地图上，只不过一拃的距离，比一支笔还短点儿；它在我心里，只有一个念想的距离，很近很近，想一想就能到达。爸爸，我们一直走一直走，一定能走到老家。当我们漂亮的电动车停歇在家门口光洁泛白的水泥地上，妈妈和奶奶定会立刻从屋里冲出来，一个劲儿地笑，还有小青，也会开心得直摇尾巴……

我把脑袋贴贴在爸爸后背上，贴得那么紧，那么牢。

"芋头。"爸爸喊我。

我慢慢回过神来，张开眼，感觉眼睛里潮湿泛酸。

我仰起头，看见火车站雄伟的候车大楼，还有浩浩荡荡的返乡大军。

我们融在这庞大的队伍里，像是一滴水融在大海里一样。快点儿回家，早点儿团聚，过个平安快乐年，是所有人的愿望啊。

我背上行李，挺了挺胸膛，和爸爸说再见。

他的眉头又皱起来，嘴角牵动着，想说什么，又没说。这一刻我看出他有那么一点儿犹豫,是不顾一切跟我走,还是回去挣钱。短暂的挣扎之后,他在我面前竖起一面坚定的手掌:"芋头,爸爸保证,干完这趟活一定回家,过年。"

我昂着头用力地点,目光越过他瘦削的面庞,看见他毛糙的两鬓已银丝点点。我伸出一面手掌,在他的手掌上用力一击:"我们等你。"

我们等你。

幸福菠萝饭

我含着眼泪大口大口地吃。

"阿晒，又有你的汇款单。"比基从屁股口袋里摸出一张淡绿色的单子，在我眼前脆生生地摇响，"看清楚哦，又是你妈妈。"

我不客气地叮嘱比基："以后不可以把我的汇款单装在屁股兜里。"

"我的屁股兜干净又安全，绝对是你汇款单的最佳保险箱。"

"切——"

"你没听说吗？去年咱们学校有同学的汇款单被冒领过。我要是不帮你保管好，丢了谁负责？"

"丢就丢了，我才不稀罕。"我不屑地咕噜，"一点点小钱。"

说完我把单子随意塞进书包,继续品读一本女生杂志。

"阿晒,要我说你什么好?"比基小狗一样趴在我课桌上,"每个星期都有些钱进账,怎么还垂头丧气不知足?我要是有个你那样的妈妈,梦里都会笑成癫痫。"

"你去癫吧。"我挥挥手,"滚远点儿颠。"

"说话客气点嘛。我只是好意关心你。"比基托着腮帮子赖着不走,"嘿,我就不明白了,你妈妈对你那么好,你双休日怎么不回家呢?你看看咱们班谁双休日不回家?就你……"

"你烦不烦?不就是个生活委员吗?管好你的信件收发就可以了,我的事用不着你操心。"

比基嗅嗅鼻头,总算知趣地走开了。

看他稳稳地坐在自己位置上不回头,我才拿出那张汇款单仔细看。

没错,又是妈妈汇来的钱,100 元。

为了这 100 元,她一定又剪了不少线头。村里的一个服装厂专门生产粗布休闲裤,裤子刚从流水线上下来,线缝处都是长长短短乱糟糟的线头,必须经过人工修剪才能包装出厂。附近的妈妈、奶奶们都去厂里把裤子领回家剪线头,剪一条可以得到 2 毛钱,一叠裤子 20 条,一个人一天最多只能领到 5 叠。账是一个星期结一次,所以妈妈也就一个星期给我汇一次钱。

尽管她做得很卖力,可我不喜欢她。因为,她其实不是我的亲妈妈,而是我妈妈的妹妹,我的姨妈。

我妈妈在我上小学三年级的时候生病走了。

我永远无法忘记她绝望的眼神和哆嗦的嘴唇。她的目光紧紧盯着我,枯黄冰冷的手使劲儿拽住我的手腕,仿佛要带我一起去……

两年后，姨妈替代了妈妈的位置，住进了我家。爸爸要我叫她妈妈，我叫了，心里特别扭，想哭。

现在我上初二了，这个学校真不错，离家远，可以住宿。

我打算将来上高中、上大学、工作一直一直在外面寄宿。只有这样，我的心才会觉得自由和舒坦一些。

窗外，太阳从楼顶上掉下去了。教室里，同学们愉快地收拾书包，放学的铃声还没有响，一个个早就归心似箭了。

是啊，今天是星期五嘛。

我把日记本掏出来，和往常一样写日记，还在上面记上：某年某月某日，姨妈汇给我 100 元。

我想等我将来工作了，一定把所有的账都还清。

我不想欠她的。

"要不要我留校陪你？"放学后比基挎着书包走过来，"要不要啊？"

"搞错没？男女授受不亲！"我瞪他。

"你想哪儿去了？我把你当哥们儿。"

"切——走开走开走开。"我抱着一堆书起身离开。

"要不我送你回家吧？我爸爸的轿车就在校门口……"

我倔强地走出教室。

走廊里的风有些大，呼呼地使人发颤。冬天悄无声息地来了，我却毫无防备。

刚拐入宿舍区，远远就看见一个熟悉的身影背着一个大包袱候在铁栅栏下。

我硬着头皮走上去。

"阿晒，"她的脸和鼻子冻得通红，头发被风吹得凌乱不堪,"妈妈给你加棉被来了。本来打算下个星期来的,哪儿想得到冷空气来得这么快……"

我默不作声地将她领进宿舍,看她把棉被整理妥当。

她要是我的亲妈妈,那该有多棒啊!我一定会上前搂住她的腰,然后把手塞进她怀里取暖,再和她一起回家。

可是我没有妈妈了。从妈妈走的那天起我就坚决认为,妈妈是唯一的,无人可以替代。

"饿了吧?"她帮我整理完床铺,变戏法似的从怀里取出一个保温盒,"你喜欢的菠萝饭。吃吧。"

我接过带着她体温的饭盒,顺手搁桌上。

"汇款收到了吧?"她站在一边整理包袱,"要不,今天跟妈妈回去吧。你知道吗? 咱们家的黑眼睛最近不好好吃东西,都饿瘦了。它最听你话,你给哄哄……"

"不高兴。"我懒懒地回答。

沉默了一会儿,她又说:"那下个星期你一定要回去。星期天正好是你爸爸两周年忌日。"

"再说吧。"我说。

她看看我,欲言又止,而后拿着空包袱走了出去。

我别过头不去看她。

要不是她,我爸爸根本就不会离我而去。

前年的这个时候,姨妈跟人家一起去镇上买东西,夜深了都不见回家,天又下起了大雨,爸爸心急火燎跑去出找,结果遇到山体滑坡……

从此我成了孤儿。这是一种特别的感觉,仿佛失去了行走世界的双腿,又好像陷入了万丈深渊……十分恐惧。

直到升入中学,看见外面这广阔的世界,遇到很多很多新朋友,我才磨磨蹭蹭走出了恐惧。然而,我无法让自己不排斥姨妈的照顾,无法让自己不漠视她的付出。有时候我会想,她要是个陌生人,不是我妈妈的妹妹,也许我会跟她大吵大闹,然后把她气走。

菠萝饭一直搁在桌子上,我没有动。

自从两年前爸爸走后,我就再也不想吃姨妈做的菠萝饭了。

夜深了,我一个人躲在黑暗的被窝里,听窗外的风声。

我知道她是骑自行车过来看我的,这会儿应该到家了。其实我很想家,想念妈妈用过的灶台,想念爸爸坐过的藤椅,想念比我小三岁的年迈的黑眼睛。它虽然是条狗,却是我知心的朋友。以前在家的时候,我有什么不开心的事,都跟它聊。

我记得上次暑假结束我回校的时候,它叼着我的包包送我很远,黑黑的眼睛里装满忧郁和渴望,仿佛想跟我走……

现在它一定是想我了。就让它再等等吧,放了寒假我会回去的。或许,下个星期就回去。

也许是心事重重入睡太晚的缘故,第二天醒来的时候,窗口已经是一片灿烂了。

尽管是在室内,却依然能感受到气温骤降带来的寒冷。

我穿着单薄的夹衣哆嗦着把门打开,一时竟惊讶得说不出话——

她站在门外,脑门上缠着土色的旧围巾,只露出两只被鱼尾纹吊歪的眼睛。

这两年她老得太快。谁让她跑来做我妈妈!

"这天说冷就冷,真让人吃不消。快穿上羽绒服。"她把手上的包袱递给我，"昨天下午来得急，光想着给你加棉被，忘了拿羽绒服。这不，只能多跑一趟。还好，你还没外出，赶上了。"

我有些小小的感动。

从家里骑自行车到这儿，一来一回少说也得4个小时，她居然顶着寒风一下跑了两个来回。

我愣在那儿抿嘴唇。

"快穿上呀。"她把围巾拢拢好，伸出戴了粗布手套的手在我肩上拍两下，"照顾好自己。我走了。"

她说完匆匆消失在楼道拐角处。

我站在阳台上往下看，见她风风火火走出宿舍区，跨上自行车……这一刻我突然发觉，她的背影像极了我妈妈。

穿上羽绒服在寂静的校园里晃荡，我感觉自己基本上就是个傻瓜。

校园的公告栏里醒目地张贴着各班学生标兵的照片，最中间的一张就是我。照片上的我穿着鹅黄色的毛衣，那是姨妈一针一线织出来的。而那毛线，是她把自己的一件毛衣拆了才有的。

我不由得嗅嗅鼻头。

唉，标兵？我配吗？要是班上的同学都知道我是个孤儿，知道我那么讨厌我的姨妈，还会选我做标兵吗？

我忽然感到羞愧。

实际上姨妈真不容易。她原本长得挺漂亮的，年纪轻轻，完全可以嫁个好人家，却偏要跑进我家受罪，把自己折腾得那么苍老和憔悴。

然而当我这么想的时候，身体里发出了另一个声音：是她害得我失去了爸爸……

对了。爸爸！爸爸的忌日快到了。我该回去吗？

可是，我真的不想和她同住一屋。

我在犹豫中过了一个星期。

又是星期五了。

比基照例给我一张簇新的汇款单，照例是 100 元，照例是姨妈汇来的。

"幸福的阿晒，我怀疑你妈妈是在你们镇上的邮局上班。"比基一本正经地说，"不然的话，你的汇款单怎么会像雪花一样地飞来……"

我不接话。我能说什么？要是我告诉他，我没有妈妈，是姨妈靠剪线头供我上学，他会瞧扁我的。

"你这星期又不回家？"比基做出一副难以置信的样子，"喂，你究竟有没有家？"

"有。"我点头又摇头，"没有。"

"回趟家吧。"比基老大爷似的说，"家里人一定想你了。"

我转身走出教室。

又是一个孤独的夜晚。

天更冷了。我躲在被窝里想妈妈，想爸爸，想黑眼睛。还不由自主地，想起姨妈劳碌的身影。

这会儿她在干什么呢？睡了吗？

星期六的上午，我和往常一样在空无一人的校园里溜达，心里犹豫着要不要回家。

"嘿，发什么呆呢？"比基骑着赛车鬼一样地出现在我身后。

"你怎么来了？"我往手心里哈热气，"真冷。"

"陪你去邮局取汇款呀,"比基晃晃脑袋,"顺便想让你请我吃牛肉面。"

"为什么要请你?牛肉面很贵的!"我叫起来。

"你的钱来得太容易。一星期100元,不帮你吃掉点儿,你花得完吗?"

我急了:"谁说我的钱来得容易?我姨……我妈……反正这钱来之不易,不可以乱花。"

"呵呵哈……"比基竟然笑起来,"跟你开玩笑呢!我请你,好不好?"

"不好。"我摇摇头,"你走吧,我要回宿舍写作业去了。"

"不要嘛,算我求你了,赏个脸跟我去吃牛肉面吧。"比基低三下四地说。

那样子有些好笑。

我们一起出了校门,去邮局取款,然后去找餐厅。

坐下后,服务生端过来的居然是菠萝饭。

整个一只装满炒饭的大菠萝,船一样横在我面前。

"不是说吃牛肉面吗?"我感到疑惑。

"我知道你喜欢吃菠萝饭。"比基笑眯眯地说。

"你怎么知道?"

"你吃完我再告诉你。"

"你说了我才吃。"

比基努努嘴巴,一副难以启齿的样子。

我恍然:"你偷看我日记!"

"是无意中看到的……"

我站起身往外走。

比基在后面追:"阿晒,你太自私太狭隘了!你的心是铁

打的吗？如果我是你的姨妈，早就把你扔下不管了！要是你
爸爸妈妈知道你这样对待你姨妈，他们在地下也不会原谅
你……"

　　他的话刺痛了我！从来没有人这样说我，说得我无地
自容。

　　我一边哭一边拼命地跑。

　　也许他说得没错。

　　太阳快滑下宿舍楼的时候，我打了个简单的包袱，往家的
方向赶。

　　从来没有哪一刻，我回家的心情如此迫切。

远远地就见家里亮着灯。

黑眼睛幸福地迎上来帮我叼包袱,一个劲儿摇尾巴。

看得出它瘦了一圈。

姨妈"呵呵"笑着拐进厨房,端出热气腾腾的菠萝饭:"吃吧,孩子,我就知道你今天一定会回来的。"

说完她用两只手吃力地撑住腰杆站在我身边笑,一副劳累至极又幸福至极的模样。

我突然瞥见墙角里有一堆瓦匠专用工具。爸爸生前是远近出名的瓦匠,这些工具在他走后就都收起来不用的了。怎么又出现了?

"你,出去做工了?"我吓一跳。

"是啊,"她说,"做不来大工,只能做小工,一天忙到晚,也能挣个几十块。"

"不剪线头啦?"

"服装厂早就关门了。"

"哦。"

"吃吧,趁热。"

"嗯。"

我含着眼泪大口大口地吃。这一刻我突然感到有些害怕,担心以后再也吃不到这种味道的菠萝饭。尽管我曾经那么那么厌恶它。

谁拿了我的米饭

你的米饭中奖了吗?

　　"沙滨"杯五人制足球比赛已经开锣,而总冠军争霸赛定在十天后,那将是本市历史上最值得一看的足球比赛。

　　对于热衷足球的我来说,拥有一张总冠军争霸赛的门票当然是一件梦寐以求的事。

　　想想罢了,怎么可能有钱去买呢? 除非一个月不吃饭不买水喝。

　　失望之时,小谷突然冲过来朝我叫:"有救了! 有救了! 便利店有门票,不用花太多的钱……"

　　"有这么好的事?"

　　我兴奋地跟他一起推车出校门。

　　阿杰从后面超上来,"喂喂喂"地吼。

　　到了便利店,小谷飞一般地冲向冷柜,翻出花花绿绿的一盒饭,哭丧着脸说:"怎么只有一盒了呢?"

我接过那盒米饭,看清楚透明的保鲜膜上贴着一个醒目的标签:吃米饭,赢"沙滨"杯足球总冠军争霸赛门票。

"哟嗬!"我觉得喜从天降,"归我了归我了,这米饭!"

"我也要!"阿杰把米饭夺去,流着口水说,"给我得了,我给你5块钱转让费。"

我问售货员:"这米饭明天还有吧? 明天我来多买几盒。"

"明天米饭是有的,但赢门票的活动今天结束。"售货员说。

郁闷!

"不行不行,"我一把将阿杰手上的米饭抢回来,死死地捂在胸口,"我不转让给你。"

"求求你给我吧。我出 10 块转让费。"阿杰低三下四地说。

我晃晃肩膀。

小谷发话了:"都是哥们儿,争什么嘛! 又不是一定能中奖。反正我是不行,每次刮奖都空手而返。"

"我运气很好,"我说,"上次我妈买了刮刮卡,我当场就中了 2 块呢!"

"切!"阿杰说,"有一次平安夜吃饭饭店抽奖,我中了一台微波炉呢!"

"吹吧你!"我从口袋里挖出钱,对售货员眉毛一扬,"我买。"

阿杰气咻咻地拱鼻头,转身离开。

"不得了了! 快倒了快倒了——呼——"小谷在门口喊。

可不是嘛!

我买了饭走出去,看见便利店对面的港湾酒店 4 层高的大楼摇摇欲坠,然后"轰"的一声巨响,OK 了!

"这种危房早该拆了,"小谷说,"听说这块地皮上马上新建的门面房要 5 万块一个平米!"

"不会吧! 这么贵!"阿杰说,"我妈正寻思着买一间呢。"

"干嘛?"我摸不着头脑,"你妈不是在外地做物流的吗? 想回来改行开店啦?"

"还不是为了管住他!"小谷蹭我的肩,"你瞧瞧他,要是再不被人严加管教,都快变成女的了!"

阿杰眉毛竖起来:"你说什么!"

小谷跨上车疯跑,阿杰腾着屁股疯追。

我在后面紧赶慢赶盯着,怕他俩打起来。

小谷说得没错,阿杰真的快变成女的了。不好好学习,平时只知道听流行歌曲,还夹着嗓门学女歌星唱歌,真是没得救了。

不过,要是开起战来,小谷可不是阿杰的对手。别看阿杰骨瘦嶙峋,还留了长发,手劲儿可大着呢!

我追上去,说说笑笑岔开话题,他俩才没打起来。

到了家,我猛喝两杯水,往沙发上一倒,才想起足球赛门票的事。

赶紧找米饭。

妈呀,米饭不翼而飞!

车篮里没有,书包里没有,口袋里也没有,该找的地方找遍了就是没有。

我气得跳脚。说不定这盒米饭就中奖了呢! 这下糟了。

我急得团团转,踏上自行车沿着回来的路一路找过去。

没找着。

我再次回到家,站在门口冥思苦想。这盒米饭我明明是买下来的,当时为了要紧看酒店大楼倒下的精彩瞬间,慌忙之中把它塞到自行车侧面车篮里了。

现在米饭不见了,谁拿了呢? 我想至少有以下几种可能:

1. 路上丢了。

2. 小谷拿了。

3. 阿杰拿了。

4. 他俩合谋一起拿了。

5. 陌生人拎走了。

6. 陌生狗衔走了。

7. 上帝拿去了。

车篮不是很浅,路上丢了的可能性不大。

小谷是我最好的哥们儿,拿米饭的可能性也不大。

陌生人不会为了区区一盒米饭戴上抢劫的罪名吧!

陌生狗没那么胆大拿我米饭吧。我看起来很凶的。

至于上帝,那就更不可能丢人现眼地拿我一盒米饭了。

这么说,只有阿杰最有可能作案。

真想给他去个电话好好骂一通,但为了不至于把事情弄得太大,我先打给小谷。

“我的米饭不见了。阿杰拿的。”我说。

“不会吧!”小谷嚷嚷,“你凭什么这么说? 阿杰不是那种人!”

“可是我的米饭真的不见了,不是他拿的难道是你拿的? 你瞧他成天一副不三不四的样子!”

“哎呀,八成是你自己不小心掉了嘛!”小谷说,“事情没搞清楚之前，不要随便冤枉人。"

搁下电话，我窝在沙发里生气，越想越觉得那盒米饭里就能中足球赛的门票。

但为了不至于跟阿杰撕破脸面，我没给他去电话。

第二天，阿杰没事人似的过来踢我脚："嘿，怎么样啊？"

"什么怎么样？"

"你的米饭中奖了吗？几排几座的门票呀？"

他歪着脑袋冲我笑，让我有一种被嘲弄的感觉。要不是小谷及时赶来拉我去上厕所，我一定会好好地问问他米饭的事情。

奇怪的是，两天后的早晨，我刚进教室便见阿杰疯子一样站在椅子上炫耀："总冠军争霸赛的门票，快来看哟！看一看不要钱哦——"

男生们一窝蜂围上去，羡慕得一个个说话发酸。

我的酸劲儿最大，冲上去问："哪儿来的门票？哪儿来的呀？"

"吃米饭吃到的！"阿杰神气活现地扭屁股，"前两天我舅舅在便利店买了一盒米饭，一不小心吃到了这张门票。啊哈——他对足球赛没兴趣，这门票归我了！"

我气得说不出话！

明明就是我的米饭，我的门票，还编出胡话来唬人！

"喂！你也买了那种米饭，有没有中奖啊？要是中了，我们一起去看足球赛！"阿杰这么对我说。

我的胸脯一颤一颤，捏着拳头的手心直冒汗。真想戳穿他，可没有证据。

我咬咬牙去找小谷评理。

你是我的天空之城

"这不是明摆着阿杰拿了我的米饭吗？他居然好意思说是他舅舅给的！"

"是他舅舅给的，"小谷说，"阿杰干嘛骗我们！"

"哪有那么巧的事？我丢了米饭，他得了门票！我才不信！"

我决定寻找证据，证明那张门票不是他舅舅送给他的，而是我的。

早就听阿杰说过，他舅舅在贸易街修汽车，租了4间房，雇了7个修车工，生意做得很红火。

午饭后我找到那家汽车养护中心。工人们正忙得不可开交，我说我要找老板。

一个打领带的伯伯问我："什么事？"

"您是阿杰的舅舅吧？"

"阿杰？"

"朱子杰。"

伯伯木讷地摇头："不认识，没听过。"

"您不是朱子杰的舅舅？可是他说您是他舅舅。"我张大嘴巴。

"我是阿杰的舅舅，你找我吗？"

一个穿着工作服、满手油腻的年轻叔叔笑呵呵地走过来。我傻了。

这么说阿杰的叔叔根本不是老板，只是个小伙计。

没什么问的了。从头到尾阿杰都在说谎。

我一鼓作气跑回学校。

阿杰还是那么得意洋洋。

下午第一节是语文课，老师看他不顺眼，请他站起来背诵

《桃花源记》中的片段。

阿杰疙疙瘩瘩背不出名堂，还把《小石潭记》的句子混上去，惹得同学们拍桌子大笑。

"哎呀，我昨晚上没睡好，今天有些恍惚……"阿杰为自己辩解。

我忍不住了："你是蒙在被子里听歌听得睡不着，还是做了亏心事睡不着呢？"

阿杰转过脸看我，一副摸不着头脑的样子。

为了给他留一点尊严，我没有再说下去。

我不可能原谅他，他也不想再搭理我。

哥们儿做不成了。

离总冠军争霸赛的时间越来越近了，我的失落感也越来越大。真的好希望去看一场那样的比赛，在激烈的赛事中酣畅淋漓地呐喊，让自己的身心得到放松。

小谷一再安慰我："不会是阿杰拿的，真的不会，你要相信他！"

我听不下去。

周末放学后，阿杰一把拽住我的手臂。

"干架吗？"我怒视他。

他鼻子里呼呼地冒气，腾在我脸上。

"拿去。"他把什么东西拍在我手上，然后歪着脖子走开。

我垂下头，看清楚是那张他宝贝至极的足球总冠军争霸赛门票。

"物归原主啦？"我笑出声来，"这还差不多！"

那小子头也不回。

小谷走过，我心情大好，赶紧截住他："吃冰淇淋吗？我

你是我的天空之城

请客。"

我们走进那家便利店。

付款的时候,售货员瞪圆眼睛激动地对我说:"是你! 就是你!"

"没错!"另一个也说,"就是他!"

没等我问怎么回事,她们给我一张硬币大的标签:"那天你匆匆忙忙地走,米饭都忘记拿了。米饭过期了,但我们帮你把奖券刮开来看了,你看你中奖了! 快去福兴路的总店换足球比赛的门票吧!"

上帝啊!

"哇! 太好了! 这样你可以和阿杰一起去看比赛咯!"小谷兴奋得给我一拳,"你这家伙运气怎么就这么棒!"

我站在那儿说不出话。

我们的友情拨云见日

既生因、何生伟！

Mr. 葛不知道哪根神经搭错了，居然要我们每人写一首优美含蓄的现代诗，晚自习结束后他亲自来收。

他是在声情并茂地为我们朗诵完《再别康桥》后产生这个可恶的念头的。他是这么说的："轻轻地我走了，我还会轻轻地来；等会儿我悄悄地来，默默带走你们的诗篇。"

Mr. 葛微微佝偻的后背刚消失，教室里立刻闹腾起来。

"写诗？假的真的？"

"一晚上时间叫我们怎么搞定一首诗呢？"

"他当写诗跟砌墙一样简单啊？"

"中毒了，"俞伟感叹，"Mr. 葛中了徐志摩的毒,具体来说叫做诗毒。而且他有意将这种毒往我们身上传染。"

前座的梅梅转过脸嫣然一笑:"没什么的啦,我是很愿意被传染的。写诗是高尚的行为,不要说一首,就是十首八首,本才女都不亦乐乎。"

俞伟嘴巴搓起来,挥一挥衣袖拍一拍鸡胸:"写就写,谁怕谁呀!"

梅梅来抓我的手:"团团,机会来了,你知道吗?机会来了!你说如果我的诗写得很棒很棒,Mr.葛会怎么奖励我?我有没有资格晋级语文首席课代表?"

我有些木讷地咂嘴,只觉得她好贪心。Mr.葛提拔她做语文课代表才区区个把月,她就想着做首席了。怎么可能嘛!

"哎呀不说了不说了,赶紧构思。"梅梅疯疯癫癫转过去。

"她也中毒了。"俞伟蹭我胳膊,"你说是不是?"

我笑笑:"也许吧。"

"你又这样笑!"俞伟眉头皱起来,"我说过多少次了,你要笑可以,但要笑不露齿,别让我看见你挺拔的龅牙。"

"对不起。"我捂住嘴巴瓮声瓮气地说,"你又皱眉头!我提醒过你多少次了,别老是皱眉头,你的抬头纹可以夹死蜜蜂了。"

他埋下头去,抓耳挠腮纠结怎么写一首诗。

这是我们第999次互相攻击,也是第999次打成平手。

做同桌能互相嫌弃成这样,真是了不起,可以创吉尼斯纪录了。

偶尔我也会想,我和他做了那么久的同桌,我们之间究竟有没有友情?但每当我这么想,一个声音便会倏地从心底里冒出来——傻瓜,和他谈什么友情?

有一次我跟俞伟说我们大概上上很多辈子就是敌人吧,他居然大为赞同,说我们在唐朝的时候就认识,当时他看见我站在秦淮河大桥上向人收过桥钱,人们都乖乖地给我银子,不给肯定是不行的,因为我的腰身跟桥身一样宽,我不让谁都过不去。

听他这么说我气得胸脯发胀,但马上镇定下来,灵机一动回敬道——没错,当时本姑娘就在大桥上收过桥钱,我看见迎面过来一个缩着脖子的家伙,这家伙钱都不给就从我脚板上爬过去了,呵呵,现在想来,这么眼熟,一定就是你咯!对了,你背上那13块盔甲呢?

他听完脸都气绿了。

我们都无数次跟 Mr. 葛申请过换座位,可就是得不到他老人家的恩准。Mr. 葛说,像我们这样的冤家就应该聚在一起,相互监督、相互制约,相克相生方能天长地久。

这是什么话!

我看我们要是继续做同桌,绝对不能熬到初中毕业,其中有一个定会被气得吐血而亡。

正所谓既生团、何生伟!

"团团,你在发哪方面的呆呀!"梅梅托着作文本鬼一样闪现,"读给你听哦,我刚刚写的诗,新鲜得很,还沾着露水。"

"是沾着口水吧?"我说,"别挤占我的下课时间。"

"你听嘛。"

"我不听。"

"你听了我等会儿送你一碗酸辣粉丝。"

我郑重其事地告诉她:"如果你不读给我听,我等会儿送你一碗酸辣粉丝。"

"啊？你对我写的诗这么抵触啊？弄得人家好没自信……"梅梅撅起嘴巴走开，找愿意欣赏她的人去了。

我不是有意伤她自尊，而是心里太烦，太烦太烦太烦！俞伟让我心烦，写诗让我心烦，龅牙让我心烦，身材让我心烦，视力让我心烦，函数让我心烦……我靠在走廊栏杆上仰望星空，忽然发现我的烦心事简直比天上的星星还要密密麻麻、难以计数。

叹口气回到教室，在苍白的灯光下铺开信纸，提起笔。

"写信呀？给谁写？"俞伟把尖脑袋凑过来，"我瞧瞧。"

我连忙用左手把笔墨未干的几个字捂得严严实实："我写诗，看什么看！"

"写诗干嘛用信纸？搞得神秘兮兮。情诗啊？"

"你懂什么？"我捏住眼镜架朝他瞪眼，"把诗写在信纸上更显得浪漫含蓄嘛。"

俞伟拱拱鼻头："也对。借我一张。"

"凭什么？"我晃晃脑袋，"不借。"

他犹豫了一下，从桌肚里摸出一个眼镜片大小的金属盒，在我眼前来回晃："我用这个跟你换。"

神秘的金属盒圆润可爱，小巧玲珑，闪着漂亮的银光，让人忍不住想入非非——呵呵，不用说打开一定是一面精致的小圆镜。我喜欢！

谁知我的手刚伸过去，俞伟便一把将金属盒拢到掌心里，摊开另一只手："先给我信纸。"

我乖乖地撕下一张香喷喷的彩色信纸，摆到他课桌上。

"再给一张。"他竟然得寸进尺。

"Mr.葛只要求我们写一首诗。"我强调。

"嘿嘿,我怕写错。两张够了,绝不问你要第三张。"他支着下巴说。

我要紧想得到那个漂亮的金属盒,便又给了他一张信纸。

然而,打开金属盒的一刹那,我被吓坏了:

——这么别致的盒子,里面居然装满了恶心的小蚯蚓。

我一松手,金属盒落到课桌上,红色的小蚯蚓散落在漂亮的信纸上,不住地扭动。

我风一般地逃出座位,冲到远离小蚯蚓的教室门口,一个劲儿喘粗气。

"团团,你要出去吗? 上课怎么能随便往外走?"Mr.葛突然出现在走廊里。

"不是不是,我……我……俞伟,他用蚯蚓吓唬我……都在我课桌上……"我虽然紧张得语无伦次,但还是把意思表达清楚了。

Mr.葛不露声色地走进教室,径直走向俞伟。

教室里鸦雀无声,每个人都在装认真,俞伟也不例外。而原先爬满我课桌的那些小蚯蚓,这一刻似乎集体蒸发了。

俞伟埋着头在信纸上写歪歪扭扭的句子,一副文思泉涌的模样。

Mr.葛看看我,再抬腕瞟一眼手表,伸出一根手指头上下敲敲,超有节奏感地说:"还有十三分钟。"

我火速钻回座位,慌慌张张拿起笔,却发现我那厚厚的一沓宝贝儿信纸已不翼而飞。一定是被俞伟用去包裹蚯蚓了。我的天!

……

第二天语文课上,大家都期待着 Mr. 葛讲评昨晚的诗作,该表扬的表扬,该当众朗读的朗读,该放狠话重写的也不要客气。可是,关于那些诗,Mr. 葛只字不提。

他双手撑住讲台,高耸着双肩,瘦弱的身板微微向前倾,脸上的表情严肃认真:"下面我宣布三件事。"

他说着顿了顿,慈爱却犀利的目光有条不紊地扫过全班的脸。

看来没什么好事。

我们都不约而同地咽口唾沫,埋下头去。

"我要宣布的第一件事,是一项干部人事变动。"Mr. 葛中气十足地说,"最近梅梅同学表现非常出色,我决定提拔她为语文学习委员。"

"喔!"大伙儿起哄。

梅梅激动得自己给自己鼓掌,"咯咯咯"笑得快活。

她只想做个语文首席课代表,没想到一下子连跳两级。难道是昨晚她写的诗打动了 Mr. 葛?

"第二件事,是一项座位变动。"Mr. 葛大声说,"俞伟,这一阵你个儿蹿高了不少,现在的座位明显不适合你,影响了后面同学看黑板,你跟你后座的后座对换一下。"

"太棒了!"我和俞伟异口同声嚷起来,还神气活现地击掌庆贺,把大家弄得目瞪口呆。

在众人的注视下,俞伟风风火火站起来整理东西,发出"稀里哗啦"的声音。

"不不不,等下课了再换。"Mr. 葛抬起一面手掌努力往下压。

俞伟晃晃胳膊坐下,冲我做个鬼脸。

我不由得上下打量他。他长高了吗？哪天长的？我看不出来。

不管怎么样，换座位这个好消息带给我们莫大的惊喜。啊！终于可以换座位啦！我们两个终于可以保全性命了！

Mr. 葛紧接着宣布："第三件事就是——我以后再也不布置你们写诗了。"

"耶！"全班沸腾。

"可这是为什么呢？"梅梅抬着脖子浅浅地问，语气里夹杂着散淡的不悦。

Mr. 葛挺了挺胸脯："就这么决定了。"

难道是我们那些乳臭未干的诗句深深触动了 Mr. 葛，使得他原先搭错的神经统统恢复正常啦？我觉得 Mr. 葛的决定太英明、太伟大了。

只是，接下来的日子，身旁没有了俞伟，我感到了淡淡的失落和不适。之前我一直以为自己讨厌他至极，每一秒钟都祈祷和他分开，没想到真的和他分开后，竟会时不时地念及他的好，一些温暖的小情节也会时常跑回我的脑海，使我忍不住回过头去寻他。

不好意思的是，好多次我回头去看他，他也正望着我。我们尴尬地笑，我大方地露出我的龅牙，他放肆地显出他的抬头纹。

渐渐地我明白，我和俞伟之间是有友情的，只是被叫做自尊虚荣傲慢的片片乌云遮盖了。现在，我们的友情拨云见日了。

前不见古人
后不见来者

大伙儿像换了个
人似的。

一

"前不见古人,后不见来者。念天地之悠悠,独怆然而涕下。"中午的英语自习课上,陈子阳踱着方步在课桌之间的过道里摇头晃脑地吟诵。

他的胳肢窝里夹着一份刚写完的英语试卷。

没人太在意他。大伙儿习惯了,他就是那样一个人,一摸着英语试卷就感慨万千,就苦中作乐,就狂爱哼诗,就把自己当成是唐朝诗人陈子昂转世,念叨《登幽州台歌》。

"诗人,安静点儿!"我站起来管纪律。

本小姐乃英语课代表,消除噪音是分内的事。

陈子阳朝我晃晃肩膀,抽出自己的试卷,装出一副苦命相，弯腰哈背地说："动画，行行好，给对对答案行不？"

我斩钉截铁地回答："不行。"

"听见没？不行！"Sunshine 回头敲陈子阳的课桌，"快坐好，自己努力！"

陈子阳缩着下巴悻悻然回座位。

Sunshine 把桌上的英语试卷折成一架钢琴的样儿，张开爪子装腔作势地边弹边吼："我家大门常打开，开放怀抱等你，拥抱过就有了默契，你会爱上我家……"

"错错错！"隔着过道的谢听风狂拍桌子，"应该是'你会爱上这里'，怎么能随便篡改歌词呢？"

"你懂什么？ 晾一边去。"Sunshine 很不满意被打断，生嘎嘎地嘟哝，"我爱怎么唱就怎么唱，和你没关系。"

谢听风摇晃脑袋打个响指："怎么会没关系？ 这首歌录制MV 的时候，我是主唱，之一。"

"切，你还真把自己当歌星了！"Sunshine 讥笑，"叫你妈再生你一百回你也成不了谢霆锋！"

谢听风一个箭步冲过去，撑开手掌猛地扣下去，"钢琴"被压扁了。

Sunshine 的怒火从嘴巴里"呼"地窜出来，一下就燃上眉梢，映红整张脸："谢——听——风！ 我跟你绝交！"

"巴不得。"谢听风甩甩头发，潇洒劲儿比过罗伯斯，赛过菲尔普斯。

Sunshine 气得蹦到过道里，跳到走廊里，完了跑回来把英语试卷撕个粉碎。

当时我离她最近，我的胳膊和她的大腿只有 1.5 厘米的距离。我仰望她的胸脯高频率起伏,目睹那雪白的曾经可爱的"钢琴"被青筋毕露的手僵硬地撕扯着,一片一片无力地飘落,落满缤纷的课桌。那真是一张缤纷的课桌,花哨的橡皮擦、闪光的大头贴、五颜六色的信纸……令人眼花缭乱。

所有的目光跟随飘飞的纸屑落满课桌,诧异、震惊甚至愤怒。

"喔喔……"几个男生忍不住起哄。

孟格格不合时宜地伫立在门口,雕塑一般沉静。

"哈哈,崭新的英语试卷,跳楼价派送,一块钱一份。"陈子阳不知从哪儿摸出几份试卷,大摇大摆地叫卖,跟菜贩子似的。

"你怎么会有空白的英语试卷?"我转身瞅他。

多余的试卷是由我保管的。难道是——我下意识地把手伸进桌肚。

"呀! 你偷我的英语试卷!"我跳起来,"还给我!"

"用词不当。"陈子阳嬉皮笑脸,"我是地上捡的,不是偷的。"

难不成是本小姐不小心把试卷弄地上,便宜了他?

我正想说什么,孟格格慢悠悠地进来,在 Sunshine 前边坐下,以不可思议的优雅转脸吩咐 Sunshine:"去,买份空白的来。"

Sunshine 拍拍口袋摸出一枚硬币,扔到陈子阳笔袋上,抓起一份空白试卷递给孟格格。

"我去趟厕所你就惹事。真是的。"孟格格取出圆珠笔。

"谢谢,"Sunshine 两眼放光,"谢谢你为我重做试卷,你的大恩大德我没齿难忘,下辈子做猫做狗陪你玩儿。"

"啊?"孟格格放下笔转过来问我,"动画,Sunshine 撕的试卷不是我的?"

我把下嘴唇缩进去,上嘴唇高高翘起,再把耳朵拉开来,摇摆脑袋不说话,狠劲儿对她做猪脸。

没错,被 Sunshine 当发泄品撕得粉身碎骨的不是孟格格的试卷,而是 Sunshine 自己的试卷。之前 Sunshine 向本小姐讨试卷作参考,本小姐出于对她负责没有答应,她就向孟格格要,居然得逞了。不过她刚参考完,神气活现地把自己的试卷当钢琴演奏的时候,本文开头一幕就发生了。

"拿去,"孟格格把空白试卷往 Sunshine 桌上一拍,"自己的事自己做。把我的试卷还给我。"

Sunshine 舌头舔舔牙尖,眼睛瞪得老大,哼哼唧唧:"5 分钟,等 5 分钟,试卷一定奉还。"

说罢从桌肚里拉出孟格格的试卷,挽起袖管,操起水笔,刷刷刷地开工了,嘴巴里念念有词:"英国人的字写起来就是快,不要 5 分钟,我 4 分钟一定搞定……"

孟格格嘴巴一歪:"今天明天的手抓饼一律你请哦。"

原来她们之间是有交易的。我看不下去了,悄悄写张纸条,揉成一个团扔给谢听风:

谢听风,建议你 4 分钟后再把 Sunshine 激怒一次,我好再欣赏一回"雪花飘飞"的美丽画面。哎呀呀,Sunshine 撕试卷的动作十分专业,万分优美,叫人百看不厌耶。

可怕的是,那个纸团本来已经顺利抵达谢听风的课桌,可谢听风的胳膊肘不小心把纸团带到了地上,纸团正巧被一个家伙无意中当足球踢了一下,"球"进了,稳稳地躺在 Sunshine 的领地。我瞧在眼里急在心里,趁 Sunshine 不注意,赶忙弯腰捡纸团。就在我的手指离纸团只有 0.1 厘米的时候,一只黑了头的白色"特步"先我一步将纸团踩住。

我仰脸和 Sunshine 四目相对。

"嘿嘿,这个纸团是人家送给我的,你是不是好奇极了?"Sunshine"咯咯"笑,"如果你实在想看我的纸团,得答应我一个芝麻大的要求。"

芝麻大是多大? 充其量大不过绿豆!

"你说吧。"我毫不迟疑。

"孟格格今天和明天的手抓饼,你请。"Sunshine 直着脖子说。

我忽然觉得喉头像吞了苍蝇一样难受。如果不答应吧,纸团被 Sunshine 拿去,后果不堪设想;要是答应她,我岂不是亏大了? 一个手抓饼 6 块大洋呢!

亏就亏吧。

"成交。"我不顾一切地说。

Sunshine 把球鞋挪开,我捡起纸团站起来往外走,抛下一句:"我不仅要看你的纸团,还想吃了它。"

Sunshine 被吓坏了。

我弯着脑袋冲出门去,看见 Miss 左抱着一叠练习册大步流星地过来。

"来了来了!"我嚷嚷着缩回去。

慌乱之中,纸团掉落也浑然不知。

二

"太不可思议了，太阳还没有跳出东海的碧波，帕米尔高原已经灿烂一片了。"Miss 左站在讲台前呱啦呱啦地扯嗓子。

听她说话就是费力，尤其是听她说中文。

"就说'太阳从西边出来'不就得了。"Sunshine 捏捏自己的脸，看上去有点可爱。

我笑笑，心想你个野丫头成天浑浑噩噩的也知道帕米尔高原在西边。

"嘿，Miss 左，需要不需要把英语试卷收起来?"陈子阳拍着马屁叫唤，"我帮您收吧?"

Miss 左先是摇头，紧接着又点头。

诗人屁颠屁颠地站出来催促各组收试卷，积极得相当过分。

难不成他垂涎我的课代表官职? 岂有此理，本小姐可不是省油的灯。

"报告 Miss 左，刚刚自习课上，陈子阳走出座位念诗，吵得大家耳根发麻，思维错乱，严重影响自习效果。"

我毫不客气地汇报，不去回头看陈子阳一定痛苦的表情。

"哦? 念诗?"Miss 左居然有些兴趣，"念的是一千多年前的诗，还是墨迹未干新写的自由诗?"

受不了她。直接问是不是古诗就可以了嘛!

"是一千多年前的诗，"Sunshine 插嘴，"念得我们都要'怆然而涕下'了!"

"呜呜呜……"全班装哭。

陈子阳大发感慨:"都是性情中人啊，不然怎么能体会到作者的心情,怎么会忧伤着作者的忧伤呢?我代表陈子昂伯伯感谢各位!"

"好了好了,你们不要再哭了,再哭我也要哭了。"Miss左拍拍手掌,"看来陈子阳同学十分有才气,念几句诗就能把大家感动得一塌糊涂。有才气的人是不可以埋没的,所以,从现在开始,我任命陈子阳同学为英语课代表——"

我紧张得要晕死过去。

"助理。"Miss左说。

"哦——"全班释然。

虚惊一场。我趴下去喘大气。

"谢谢Miss左!我一定当好我的助理,为您排忧解难。"陈子阳激动得舌头发粘。

我转过脸笑脸相对:"陈助理,你是我的助理,不是Miss左的助理,你的职责是协助我工作,为我排忧解难。"

"相当于动画的秘书。"Sunshine压低嗓门补充道,"或者说相当于动画的仆人。"

陈子阳把牙一咬:"你还轮不上呢!"

Miss左收齐英语试卷走了,下课的铃声追着她去,我们跟着疯起来。

自习课上都那么自由散漫,可想而知课间闹得更凶了,简直就是疯人院里兴奋的病人,有站在椅子上讲新闻的,有扎成一堆举摔柔比赛的,还有围成一圈转笔的。

没救了,我们的班级;没救了,我的同学。这样的喧腾和放肆,真的是前不见古人,后不见来者。

我坐在座位上感叹的时候,一只拳头伸到我眼皮底下。

好一只白皙光滑的拳头,每一条青筋都那么流畅,每一个毛孔都那么清晰。

"猜猜我手心里攥着什么?"Sunshine 看起来像条快活的鱼。

"你能有什么稀奇东西?"我咕噜道。

"是什么?"孟格格闻声赶来。

Sunshine 把拳头转来晃去朝我们眨眼睛:"有本事把我的拳头散出来看啊!"

这么嚣张!我看不下去,对孟格格使个眼色,一起伸出四只手去扳 Sunshine 的拳头。

Sunshine 机灵地躲闪着,溜出门去,奔下楼去,嘴巴里大声喊着:"追我呀追我呀!"

我气得跳脚,返身抓住正装腔作势哼英语歌的陈子阳:"陈助理,去给我把 Sunshine 抓回来,顺便没收她拳头里的宝贝。"

"有宝贝?"陈子阳很来劲儿,扔了歌词夺门而出,"本助理去也——"

看来这个助理还是蛮听话的。

我和孟格格倚在栏杆上朝楼下张望,可什么也没看见。

2 分 14 秒过后,陈子阳走着跑跳步神气活现地过来了,手上不住地抛着一个什么小东西。

我们喜滋滋地迎上去。

"咳,纸团。"孟格格有些惊讶有些失落,"一团废纸而已!"

我的心脏扑嚓扑嚓跳得飞快。天呐天呐,看上去,这不是我写给谢听风的纸团吗?什么时候到了 Sunshine 手里?

"这个纸团是从 Sunshine 拳头里抢来的吗? Sunshine 打开纸团看了吗?她哭了还是晕了?她有没有说什么?"

　　我的问题连环炮一般发过去,射得陈子阳结巴了:"没没没,谁都没看呢,给……给你吧。"

　　我迅速抓走纸团,狠劲儿塞进裤兜,一直塞到最最底下。

　　"动画,你看我这个助理当得怎么样?"陈子阳有些得意地渴盼着我的夸赞。

　　我点点头,抚摸悬下来的心脏:"相当称职。相当有水平。"

　　"可是,你怎么不把纸团打开让我们看看呢?"孟格格好奇得不行。

　　"有什么好看的?"我说,"一团废纸而已!"

　　"你不想看,我们很想看。"陈子阳也说,"让我们看看嘛。"

　　怎么能让他们看呢? 纸团上的内容要是传到 Sunshine 耳朵里,以她的性格非跟我绝交不可。

三

　　不过我十分好奇,我可爱的陈助理是用什么办法把纸团从 Sunshine 拳头里取出来的。他不至于强行去扳 Sunshine 的拳头,他要是那么做,Sunshine 也不会善罢甘休。那么,是来软的啰?

　　"你给了 Sunshine 什么好处?"趁 Sunshine 不在身边,我扭头盯住陈子阳的小眼睛,直言不讳。

　　他搔着鼻头一脸茫然。

　　"Sunshine 怎么会甘心情愿把纸团给你呢?"

　　"哦,很简单。"陈子阳顿了顿说,"她要我给她——念一首诗,我念了,她就把纸团给我了。"

　　"呵呵……"我忍不住笑,"我的助理好呆哦!"

陈子阳竖眉毛假装生气。

放学前,上午做的 4—5 单元英语测试成绩出来了。教室里场面混乱,人心惶惶,仿佛一场飓风即将到来。

这都怪 Miss 左,心血来潮甩下狠话,说要把本次成绩通过校讯通发送到家长手机上。按照以往的惯例,到时候每个家长会收到三个成绩,一个是自己宝贝的成绩,一个是我们(2)班的平均成绩,还有一个是整个初二年级的平均成绩。可怕的是,年级平均成绩比我们班的平均成绩高出好几分呢。家长一比较,谁回家还有舒坦日子过?

Miss 左,怎么能这么残忍!

当然,本课代表没事。110 分,比年级最高分少 10 分,不算太好,但绝对不至于挨批。

"前不见古人,后不见来者。"陈子阳甩着袖子在过道里徘徊,"要是回到古代就好了,没有电话,更谈不上手机,我的亲爱的 74 分就会成为永远的秘密。天啊,让我们回到陈子昂的时代吧!念天地之悠悠,独怆然而涕下。"

"唐朝?要去你一个人去,我可不想去受罪。"Sunshine支着下巴朝陈子阳翻白眼,"古代没有空调和电脑,没有肯德基和德克士,没有轿车和流行歌曲,那日子多乏味?"

"谁说古代没有流行歌曲?"陈子阳回到座位昂着脑袋说,"古代的流行歌曲可多了。《登幽州台歌》不是歌吗?"

"不是歌,是诗。"Sunshine歪着脑袋说。

"既是诗,又是歌。"陈子阳尖着下巴说。

两人隔张课桌较起劲来,俨然一雌一雄两只鸡,斗得眉飞色舞,不分胜负。

"不要吵了嘛。"我敲敲课桌提起书包,"《登幽州台歌》究竟是不是歌,你们掘地三尺去问陈子昂不就得了?"

说罢我挎着书包要出教室。

一股力量从后面猛地拽住我的书包,我费力地把身体向前倾,步子却迈不开去。

"干什么?"我嚷嚷着转过脑袋,看是哪个家伙这么大胆欺负本小姐。

"想不想听我唱《登幽州台歌》?"谢听风甩一下额前一缕"6"字形刘海,转向教室里拉书包提书包背书包的散兵残将,"我唱啦——前不见,古人,后不见来者。念天地,之悠悠,独怆然而涕下。"

"哇——"全场惊倒。

他居然想到用北京奥运会主题歌《我和你》的旋律来演绎这样两句伤感的古诗,太有味道了,太棒了!

"谢听风! 你是天才!"Sunshine 忍不住叫,并且学着哼唱起来。

她忘了自己才说过跟这个男生绝交。

"再来一遍来一遍!"有人意犹未尽朝谢听风喊。

"呕耶——"大伙儿起哄。

谢听风颠着屁股吹着口哨走出教室,派头大得跟谢霆锋似的。

陈子阳更是激动得一塌糊涂,追上去用颤抖的双手挽住谢听风的胳膊,紧接着帮他抱书包,且连连赞叹:"谢兄了不得,不得了。陈某人佩服,佩服!"

瞧他那点儿出息! 好歹也是本课代表的新助理,竟在普通同学面前这么低三下四,真是有损本人的威望啊。

"难道说,当初陈子昂作这首诗,也是这么唱出来的?"

Sunshine 紧锁双眉，"动画，《登幽州台歌》真的是一首歌？"

我瞅瞅她，担心地说："你还是考虑考虑回到家用什么办法避免淹没在家长的口水里吧。"

"就是。"孟格格走过说，"平时做惯了抄写员，这下好了，71 分，丢死人喽！"

Sunshine 急了："哎呀呀，我老妈非断了我的零花钱不可。你们发发善心，帮我想想办法怎么度过这一关吧。"

我跟孟格格相视一笑，齐刷刷对 Sunshine 耸肩膀、晃脑袋："早知今日，何必当初？"

"见死不救吗？"Sunshine 装可怜抹眼泪，"世风日下，人心不古啊！"

"走啦，吃手抓饼去！"

我拖住孟格格的手臂欢快地朝外边奔，抛下 Sunshine 独怆然而涕下。

四

Sunshine 电话打来的时候，我在洗澡。我回电话过去的时候，她老妈说她趴床上了。

她居然一会儿工夫就睡过去了，说明状况并不糟糕。我为她吁了口气。

我坐在床上，把英语试卷平摊在膝盖顶起的薄被上，望着鲜红的"110"出神。在教室里的时候，我觉得我这个全班第一够风光够得意，可一个人安静下来，失落感就涌上心头。如果我认真一点，仔细一点，再上去几分是不成问题的。这么想着，我觉得自己有些对不起自己。再想想我们的初二(2)班，不知道从什么时候开始，乱得仿佛一团麻，散得如同一盘沙，一帮不想学习的同学如同一群服用兴奋剂的野马,稀里糊涂闹日子,几个想学习的同学大受干扰。Miss 左使出浑身解数,出了一着又一着,但似乎并不奏效。任课老师三天两头到校长那儿报告头疼。

再这样闹下去,班将不班了。

想到这儿,我感到内心隐隐地不安甚至疼痛起来。我可爱的同学们,那么天真烂漫,那么顽皮倔强,那么漫不经心,那么随心所欲,那么肆无忌惮,总觉得青春是一场哩哩啦啦缠绵不止的春雨,是没完没了的,是可以无休止浪费的。家长的提醒,老师的教导,哪怕只是一句话,他们都觉得是那么多余和婆婆妈妈。

而我,在这样的环境里一边吃力地成长,一边聊赖地看戏,有点迷惘,有些颓废。

或许到毕业班会好一些吧。我安慰着自己,浑浑然入睡。

……

"飓风"真的来了。

那些受灾的同学,好像要把脑袋垂到肚脐眼上,没有了原先的兴奋冲动和嚣张跋扈,取而代之的是郁郁的沉静。

晨读课开始,教室里的气氛乖得缺乏真实,每个人都认真地念英语。

这么说手机短信起作用喽。

这么说大家伙儿都开始反思啦,开始痛改前非啦。

这多好!

可是,Sunshine 没有来上学。

我跑去找 Miss 左,问她 Sunshine 是否请假,得到的答案是 Sunshine 病了,发着高烧,说着胡话,蹬着被子。

天哪，看上去强过一头牛的 Sunshine 也有示弱的时候？我莫名地想起那个写给谢听风的小纸团，感到有些对不住Sunshine，我亲爱的同桌。

我从书包的隔层里找出小纸团，揉得小一点，再小一点，扔进纸篓。

我犹豫着给 Sunshine 打个电话还是放学后跑去看望她，"啪"的一声，不明飞行物砸中我的课桌，掉在我眼皮底下。我看清楚是一只又老又丑伤痕累累的文具盒。

"动画，求你事。"没等我冒火，陈子阳窜到我身边，抱着胳膊倚在我课桌上，"你先挑礼物。"

"什么意思？"

"里边的东西，你喜欢什么拿什么。"

这家伙这么大方？一定是考得不好回家挨狠批受刺激了。以前我扯他一圈透明胶或者撕他半页稿纸他都呼天抢地。

我瞟一眼他那奄奄一息的文具盒，猜想里面不是掉了帽的圆珠笔就是歪了嘴的钢笔，绝对不可能有我喜欢的东西，便斩钉截铁地说："我什么都不要。你有事就说，别贿赂我。"

"我有两个问题请教你。求求你告诉我，怎么样才能……"

"怎么样才能学好英语？"我迫不及待地打断，"你小子终于开窍，知道要发奋努力了，不愧是我的助理哦！"

"……"陈子阳抓抓头发。

"不要急于求成嘛。"我慢悠悠地说，"冰冻三尺非一日之寒。千里之行，始于足下。九层之台，始于累土。知道愚公移山吧，听说过李白铁杵磨针的故事吧？学好英语并不是一朝一夕的事情,要积累,积累,再积累。尽管你之前浪费了太多时间,但只要从现在开始积累,还是大有希望的……"

我觉得口若悬河的自己真是好了不起。

"动画你好有口才。我想问的第一个问题是,怎么样才能不被我老妈当唾沫靶子?"陈子阳打断我的长篇大论,"我老妈是女的,你也是女的,你又那么聪明机灵,我猜你一定有办法对付我老妈。"

他居然还不把心思放英语上,光想着对付自己的妈!

铁不成钢啊,我气得栽倒在课桌上。

"你哪儿不舒服?"陈子阳拍我的胳膊。

"发烧了。"我说,"你的问题难度太大,另请高明吧。"

"那你要不要看医生? 要不我陪你去校医那儿量体温,或者找 Miss 左打你老妈电话……"

我懒得理会。

Miss 左抱着练习册站在门口,大家坐得笔直。

出乎意料的是,这堂英语课同学们都十分投入,不仅没有往常频发的诸如掉东西、上厕所、答非所问之类的意外事件,而且对话相当踊跃,气氛相当活跃。大伙儿像换了个人似的。

浪子终于回头了。

这么说挨家长批是很管用的喽? 没道理嘛。依大家的性格,挨批只会越来越不努力,破罐子破摔呀。

究竟怎么回事呢?

Miss 左趁热打铁,下课前发给每人一个信封和一张纸,要大家把期末的目标写在里头,封好口,到时候拆出来自己对照。

我想来想去,在洁白的纸上写下"119"。可当我转头瞥见陈子阳写的是"100"时，吓了一大跳，毫不犹豫地把"119"改成"120"。

既然陈子阳有前进26分的勇气，那我为什么就不能有追逐满分的信心？我相信有了这样完美的目标，我就没有懈怠的借口了。

信封交上去就下课了。同学门群情激昂，围在一起互相探听"目标"，从七嘴八舌的议论中，我了解到每个人都为自己定了个必须通过十分的努力奋斗才可以取得的目标。

我忽然心情大好，回头问陈子阳："你说想问我两个问题。第二个问题是什么？"

陈子阳抓抓头发："你已经引经据典滔滔不绝地回答了。"

原来如此。

我好奇地抓他的衣服："你昨晚挨家长批了吗？"

"恰恰相反。"他高兴地说，"我受表扬了。我老爸说收到Miss左的短信，Miss左夸我英语成绩大有进步，而且说我潜力很大呢！"

一定是发错了。

五

暮春的落日被绸缎般华丽的云彩追随着，和着柔风飘飞的节奏，无比精彩地、无限婀娜地在广袤的西天轻盈律动。

我握着一个空信封敲开 Sunshine 的家门。

Sunshine 嘴巴里零食塞得太满连说话都困难，只是汹涌地将我抱住，然后拖进房间，大方地递给我她的日记本。

"你看上去比老虎还老虎，根本不像是病猫。"我歪歪嘴把日记本扣在写字桌上，"你的私密日记我不看。"

"看看嘛。"Sunshine 热情有余,恨不得把日记本揉到我眼睛里。

我低头看见那上面写着:

我要好好学英语了,"雪花飘飞"的美丽画面将永不再有!

我的计划是:

每天早上听半个小时录音带;

上课积极发言,一定不胡思乱想;

不会的语法及时请教动画和 Miss 左;

每天晚上背诵单词、句型、课文,绝不偷懒。

还有,期末超过陈子阳20分!

原来她看过小纸团。

"Sunshine,对不起。"我红着脸喃喃地嘟哝。

"你的那些话刺痛我了,也刺醒我了。"她说。

"哦。"我吸口气。

"所以我应该对你说谢谢。"Sunshine 拉住我的手。

我好开心:"其实你是个很聪明的女生,下点功夫的话,我都不是你对手。"

"真的吗?"

"嗯。"我点头,"你知道陈子阳定的目标是多少分吗?"

"不知道。我老爸老妈昨晚夸我了,因为 Miss 左发短信祝贺我英语成绩有进步,说我是学英语的料。Miss 左肯定搞错了,我英语成绩明明是退步的。"

Sunshine 本来预备迎接"飓风",等来的却是春风拂面,怪不得会激动得发烧。

"无缘无故得了表扬，我觉得很不好意思。所以，我决定学好英语。"Sunshine 愉快地说，"我一定要超陈子阳 20 分。"

那就是"120"啦！

我不说，说了她烧得更厉害。

Sunshine 把"期末超过陈子阳 20 分"这句话放进信封，抓起英语书问我问题。

她变了，那帮不思进取的同学都变了，变得那么令人猝不及防，那么彻底，这种速度和强度，真是前不见古人，后不见来者。

落日无比留恋地、无限优雅地谢幕，留给西天一抹意味深长的亮色。

我倒在自家的沙发里傻傻地发呆、傻傻地笑。

老妈从阳台里探出脑袋："动画，妈妈昨天把手机落单位了，今天才看见你们左老师发的短信。"

"哦。"我有点心慌地腾起身。对我来说，"110"并不是可以得到表扬的分数哦。

"你这孩子，英语学得多棒，真让妈妈高兴。"

我以为是反话，做贼去翻老妈的手机。

"您的孩子在本次英语测验中继续保持了全班最佳成绩。请不要吝啬您的表扬，让孩子在鼓励中进步吧。"

哦，Miss 左，你怎么不老实说我这个全班第一在年级才排区区 16？你这样发短信，真是前不见古人，后不见来者。

你是我的天空之城